Sonya
ソーニャ文庫

紳士達の愛玩

沢城利穂

イースト・プレス

contents

†序章　染められた白薔薇《ばら》†

長いハニーブロンドをサイドだけ結い上げながら、コーエン男爵家の令嬢ロレッタは年頃の娘らしくない重いため息をついた。

なぜなら今日は母のお供でバークリー伯爵家の午後のお茶会へ出席しなければいけないからだった。

その時のことを想像するだけでいくらでも憂鬱《ゆううつ》になれて、またうっそりとため息をつく。

それでも出席しない訳にはいかず、いやいやながらも出かける支度《したく》をしていると、メイドが扉をノックしてきた。

「お嬢様、支度は調いましたでしょうか？」

「えぇ、大丈夫よ」

「奥様は既に車でお待ちです。急いで参りましょう」

行きたくない気持ちの表れか、支度にずいぶん時間をかけてしまったらしい。

きっと母は、ロレッタが来るのを少し苛立ちながら待っていることだろう。

それでもまだ乗り気ではないロレッタが玄関で待つ車に渋々と乗り込むと、母はロレッタを軽く睨《にら》んだ。

「ノア様とロイ様の為に着飾るのはいいけれど、約束の時間に間に合わなければ失礼よ」

「ごめんなさい……」

「まぁいいわ。ロレッタにはバークリー伯爵家のご兄弟のどちらかと結婚してもらわなければいけないのですもの。幸いにしてお二人ともロレッタ以外の娘達はお茶会にすら招待されないようですから、決して粗相《そそう》のないようにね」

「……はぃ」

小さな声で返事をして、ロレッタは走り出した車の窓を眺めているふうを装った。

別にノアとロイの為に着飾っていた訳ではなかったが、両親はコーエン男爵家の存続はバークリー伯爵家に懸かっているからと必死で、あわよくばロレッタをノアかロイの許に嫁がせようとしている。

バークリー伯爵家へ嫁ぐことを想像するだけで恐ろしさに肌が粟立《あわだ》ってしまうが、両親に逆らうことなどできないおとなしいロレッタは、ただ母の言いつけどおりに粗相をしないように振る舞うしかできなかった。

やがて車はシティ・オブ・ロンドンを通り過ぎ、テムズ川沿いを走り始めた。

このまま上流へ遡ると、一際立派なバロック建築の左右対称の屋敷が見えてくる。

あまりに近すぎると高い塀しか見えなくなるが、どこまでも続く塀ですら豪奢な装飾が施されている屋敷こそ、バークリー伯爵邸だった。

運転手が来訪を告げると茨の紋章で装飾された門扉が開き、薔薇《ばら》が咲き乱れる広大な庭がロレッタ達を出迎える。

相変わらず美しい薔薇を眺めていると、それからほどなくして玄関に辿り着いた。

するとそこには女主人のバークリー夫人と、長兄でブルネットの髪のノア、そしてブラウンの髪色をしたロイが車の到着を待っていた。

「いい、ロレッタ。くれぐれも……」

「わかっているわ、お母様。粗相などしないと約束するわ」

運転手が扉を開けるのを待って降り立つと、まずはバークリー夫人が優しいハグと共に出迎えてくれる。

「ようこそ、ロレッタ。ホリデー以来ね、元気にしていたかしら？」

「はい、バークリー夫人もお元気そうでなによりです。今回もお招きくださってどうもありがとうございます」

「息子達があなたを呼ばないと不機嫌になるのですもの。呼ばない訳にはいかないわ」

そう言ってバークリー夫人が振り返った先には、ノアとロイが優しく微笑んでいる。

しかしその笑顔を見ただけで、ロレッタは怯えて小さくなった。

「元気だったか、ロレッタ。久しぶりだな」

「会えない時間がとても長く感じたよ。母様達のおしゃべりにつき合わないで、僕らは僕らで楽しもう」

「ぁ……」

ノアに手を引かれたかと思うと、すかさずロイが括《くび》れた腰を抱いてくる。

その様子を見て母達は、微笑ましそうにしていて——。

「本当に仲がいいこと。ロレッタがとびきりの美人に育ったら、兄弟で大ゲンカね」

「私共も、ノア様とロイ様が気に入ってくださってとても嬉しいですわ。ロレッタ、お言葉に甘えて遊んでいただきなさい」

「はぃ、あの……ノアお兄様、ロイお兄様。どうかロレッタと遊んでくださぃ」

本意ではなかったが、笑顔の圧力に耐えかねこちらから遊んでもらうように頼むと、ノアとロイは満足そうに微笑んで、ロレッタの柔らかな頬にキスをしてくる。

「もちろん」

「僕らが来るまで母様達はテラスでお茶を楽しんでて。さぁ、行こうロレッタ」

「ぁ……」

バークリー夫人に退出の挨拶《あいさつ》をする間もなく、二人に手を引かれて屋敷の二階にあるノアの部屋へとやって来ると、すかさずロイが鍵を閉めた。

ガチャリという音が耳にやけに響いて、細い身体を硬直させていると、今まで浮かべていた笑顔とは一変して、冷たい目つきになったノアはニヤリと笑い、立ち尽くしているロレッタから目を逸らさずに近づいてきた。

「きゃっ……」

その視線の強さに怯えて後退ったが、ソファにぶつかってしまい、ロレッタはその場に座り込んでしまった。

するとノアは意地悪そうに笑い、そしてロイはクスクスと笑って、怯えて小さくなるロレッタを見下ろしてくる。

たったそれだけでのことでロレッタの心臓は早鐘のように鳴り響き、これから始まる三人だけの秘密の遊戯《ゆうぎ》を思うだけで、身体を小さく震わせた。

「久しぶりだな、ロレッタ」

「僕達を裏切ってないか、いつもどおり証拠を見せて」

「……っ…」

毎回ここでいやだと声を大にして言いたくなるが、二人の視線に曝《さら》されると、逆らえないロレッタは声をあげることすらできなくなり、けっきょくいつもと同じように、羞恥に頬を染めながらもスカートの裾《すそ》をゆっくりと捲り上げていった。

そしてスカートの裾で顔を隠しながらも秘所を二人に見せつけると、その途端に部屋の空気が妖しく濃密さを増した。

「言いつけどおり下着を履いていないようだが、そのままでは見えない」

「もっと脚を大きく広げないと僕らのマークが見えないよ。さぁ、ソファに足を掛けてもっとよく見せて……」

「は、はぃ……」

逆らったらなにをされるかわかったものではなく、言われたとおりにソファへ足を掛けて大きく開くと、ロレッタの白く柔らかな脚の付け根には年齢に似つかわしくなくキスマークが残されていた。

「ずいぶんと薄くなったね。また僕らのものだという証拠を残さないと……」

「んっ……」

床に跪《ひざまず》いたロイにキスマークの残る際どい部分を撫《な》でられて、ロレッタはぴくりと反応してしまった。

するとロイは笑みを深めながら顔を近づけていき、ロレッタの反応を見ながらチュッと音をたてて脚の付け根に吸いついた。

「ぁっ……っ……」

つきん、とした痛みを感じたのは一瞬のことで、熱心に吸われるうちに、その箇所から熱い感覚が込み上げてくる。

それと同時にぱっくりと開いた幼い秘所が息づくように蠢《うごめ》く様を、ノアにじっくりと凝《み》視《つ》められているのがわかって、ロレッタは握りしめているスカートをギュッと握った。

「あ、ん……ロイお兄様、もうやめて……」

「だめだよ。もう少し……」

「あぁっ……っ……」

とてもいやな筈《はず》なのに、あやすように秘所に指を這わされると、甘く淫らな感覚が湧き上がってきて、幼い陰唇がひくり、と反応する。

十八歳のノアと十七歳のロイと初めて出会ったのは、ロレッタが社交界デビューを果たした二年前のことだ。

その頃からスカートを捲られたりドレスを脱がされたりして、性的になにも知らないうちからノアとロイに身体をまさぐられていたせいか、ロレッタはもう既に甘美な感覚を識《し》っていた。

そのうちにロイはキスマークを残すよりも秘所を弄《いじ》ることに熱心になり、蜜口から透明な愛蜜が溢れてくるようになると、陰唇をそっと撫で上げ、その先にある秘玉をくりくりと弄り始めた。

「あぁん……あ、あぁ……やめて、やめて……ロイお兄様ぁ……」

蕩《とろ》けきった声でやめてと頼んでも、ロイがやめてくれる訳もなく、さらに熱心に擦り上げられて、ロレッタは細い身体を仰け反らせた。

「あぁっ……あ、あっ……もうだめぇ……！」

「ロイ、まだ達《い》かせるな」

「わかってるよ……フフ、ロレッタは本当にここが大好きだよね」

「あン……！」

ロレッタの身体を知り尽くしているノアが止めると、ロイは最後にちょこん、と秘玉をつついてから離れていった。

「は、ぁ……っ……」

あと少しで達けそうだったのに、途中で放り出された身体は疼《うず》くばかりで、ロレッタは息を乱しながらソファへ倒れ込み脚を摺り合わせた。

「誰が休んでいいと言った。ドレスに淫らな染みを作りたいのか？」

「ぁ……ぃや、いやです……」

染みをドレスにつけてしまったら、ロレッタのことをまだ子供だと思っている母やメイドに、自分がいかに淫らか知られてしまう。

それだけは避けたくて、ソファからのろのろと立ち上がって自らドレスを脱ぐと、ノアは満足そうにニヤリと笑った。

「俺達がケンブリッジに行っている間に、少し育ったんじゃないか？」

「本当に。この前会った時はぺたんこだったのに、胸が膨《ふく》らんできた」

言いながら左右から手が伸びてきたかと思うと、右の乳房をノアに、左の乳房をロイにギュッと掴まれた。

「や、やめて……ノアお兄様、ロイお兄様……痛いわ……」

膨らみ始めたばかりの乳房を鷲掴みにされても痛いばかりで、ロレッタは身を竦《すく》ませた。

それでもノアとロイは形を確かめるように指を這わせたかと思うと、乳首に狙いを定めて指先でそっとなぞってくる。

「ぁ、ん……ぃ、いやです……やめ、やめて……」

乳房を掴まれた時は確かに痛かった筈なのに、乳首を優しく弄られるとムズムズとした甘い疼きが湧き上がってきて、ロレッタは戸惑いながらも頬を真っ赤に染め上げた。

乳首を弄られるとどうしようもなく感じてしまって、執拗に愛撫されるだけで極めてしまいそうになる。

「ぁ、あん……そんなに擦らないでノアお兄様ぁ……あ、あっ……ロイお兄様もだめぇ」

ぷつん、と尖った小さな乳首を指先でくりくりと擦り上げられて、ロレッタはいやいやと首を横に振った。

それでも二人は構わずに、耳朶《じだ》や頬にキスをしながら幼い乳首をじっくりと愛撫し、ロレッタが堪《たま》らずにまた脚を摺り合わせるようになると、息の合った動きで冷たいソファへ寝かせた。

「あぁ……いや、もういや……」

四肢《しし》に力を込めて僅《わず》かな抵抗を試みたが、ノアはロレッタの上に覆い被さり動きを封じると、青林檎《りんご》のようにまだ硬さのほうが勝る乳房をそっと包み込み、乳首を弾《はじ》いた。

「あン……！」

「俺達がケンブリッジで勉強をしている間、他の男に弄らせたか？」

「そ、そんな淫らなことしていませんっ……」

「なら、僕らが教えたとおりにきちんと自慰《じい》してた？」

ノアの飛躍《ひやく》した質問はしっかりと否定したが、興味津々といった様子でロイに顔を覗き込まれた時には、なにも否定できずにロレッタは長い睫毛を伏せた。

「していたようだな。俺達を思って毎日ここを弄っていたのか？」

「きゃっ……ぁ……毎日なんてしていません……」

ノアにまだ未成熟な秘所を押し開かれた途端、愛蜜が脚に伝うのがわかって、ロレッタは目をギュッと瞑った。

しかし目を瞑っていても強い視線を感じ、身体を小刻みに震わせていると、ノアによって押し広げられた薄い陰唇をロイが指先でそっと撫で上げてきて、腰から下が蕩けそうになってしまった。

「あぁっ……あ、んん……」

「フフ、見てごらん、透明な蜜がどんどん溢れてきた」

「んやぁ……お願い、ロイお兄様……もう弄らないでぇ……」

秘玉を弄られる度に腰を淫らに振りたてて、ロレッタはロイの指淫《しいん》に必死で耐えていた。

四肢を強ばらせてしがみついていなければあっという間に達してしまいそうで、ノアのシャツに縋《すが》っていると、息すら奪うほどの烈《はげ》しいキスを仕掛けられる。

「んぅ……っ……ん……」

ざらりとした舌に口腔を舐められている間にも、ロイは音がたつほど秘所を弄ってくる。

ノアのキスは巧みでついうっとりとしてしまいそうになるが、そうするとロイが昂奮《こうふん》に剝《む》き出しになった秘玉を濡れた指で摘《つ》まみ上げては、陰唇を撫で下ろして蜜口をつついてきて、そこまでが幼いロレッタには限界だった。

「んっ……んんっ！　ぁ……ぁんんっ……！」

ノアに口唇を塞がれたまま絶頂に達し、ロイの指がそよぐ度に身体をぴくん、ぴくん、と跳ねさせては絶頂の余韻に浸っていると、大きく広げられた脚の付け根にノアもまた強く吸いついて、薔薇色のキスマークを残してソファから立ち上がった。

「は……ぁっ……」

それでもまだどこか夢見るようにロレッタがぼんやりしていると、ノアとロイが満足そうに笑って見下ろしてくる。

「俺達好みに育ってきたな」

「本当に。会う度にどんどん淫らになってさ。あぁ、言っておくけど、今さら誰かに告げ口しても無駄だよ。と言っても、僕らの本性なんて誰も気づきはしないだろうけどね？」

ノアの肩に腕を掛けてクスクス笑うロイと、冷酷な笑みを浮かべるノアを見て、ロレッタは諦めたようにエメラルドグリーンの瞳を曇らせた。

ロイが言ったように、普段は紳士的な態度を取っている二人は、社交界で娘達にとても人気があり、彼らの母であるバークリー夫人ですら二人の本性に気づいていないほど、世間を完璧に欺いている。

しかしロレッタだけが、深蒼色《ミッドブルー》の瞳を見た瞬間、本能的にこの二人は危険だと気づいてしまったのだ。

それからというもの、ロレッタは意地悪な性格をしている二人に逆に気に入られてしまい、こうして密室で淫らな行為を強いられていた。

冷たく口数が少ないノアと、好奇心旺盛でとても意地悪なロイ。

二年前の社交界デビューの日に、この二人の悪魔と出会わなければ。

そして本能的に恐いと察知しなければ、他の娘達のように無事でいられたのに、どうしてあの時、差し出された手を拒んでしまったのだろう？

今となってはもう遅いが、せめてもの救いは二人がケンブリッジのパブリックスクールに入寮していることだ。

最初の頃は毎週のようにわざわざケンブリッジからロンドンへ帰ってくる二人に、お茶会へ招待されては意地悪の限りを尽くされていたが、ロレッタが逆らわないとわかると長期休暇の時だけ呼び出されるようになった。

それだけでもロレッタのストレスは、ずいぶん軽減されたものだった。

しかし時々、夜になると二人に教え込まれた淫らな遊戯を思い出してしまい、自慰に耽《ふけ》ってしまう始末で——。

していている時は夢中になってしまうが、熱が退《ひ》けば後悔ばかりが心に残り、神様に顔向けできない穢《けが》れた身体になったことを嘆くばかりだった。

「俺の本性を知っているロレッタを心から愛している」

「僕も愛してる。他の娘なんてもう目に入らないよ」

ロレッタの意思など無視しておきながら、愛を囁《ささや》く二人が交互に口唇へキスをしてきたが、ロレッタは拒否する気力もなく諾々と受け容れた。それでもいつかはこの悪魔のような兄弟の呪縛《じゅばく》から逃れることを、ロレッタは心から願っていた。

†第一章　堕天《だてん》の果て†

　教会の鐘《かね》が鳴るのを聞くともなしに聞いて、十九歳になったロレッタはため息をついた。

　黒いドレスを身に纏《まと》ったロレッタの美貌は誰もが息をのむほどで、ロレッタが美しければ美しいだけ、人々の同情を誘い、また好奇心を駆り立てた。

　しかしロレッタ本人はこの先の暮らしを考えることに精一杯で、人々の視線など気にしている場合ではなかった。

（お父様、お母様……どうして私を置いて天国へ旅立ってしまったの……？）

　父と母の名前が刻まれた木の十字架に向かって問い質してみても、応えが返ってくることもなく、ロレッタはエメラルドグリーンの瞳を潤《うる》ませた。

　男爵家の威厳を保つ為に贅沢の限りを尽くしていた父が事業に手を伸ばしたのは、二年ほど前だっただろうか？

事業など興したことのない父が騙《だま》されたのがわかったのは、それからすぐだった。出資をした先が、架空の貿易会社だったのだ。

しかも巧妙に仕組まれた二重の契約書にサインをしてしまったせいで、父は名も定かではない男の保証人となっていて、多額の借金を背負う羽目に陥った。

コーエン男爵家の敷地や家財、それ以外にも金目になる物はすべて借金を返済する為に充《あ》てられることとなり、何代にもわたって守り続けていた爵位すら売ったが、それでもまだ二十万ポンドもの借金が残り、債務を帳消しにすることはできなかった。

そして爵位を失っただけで、それまで懇意にしていた社交界の人々とも縁が切れ、それでも社交界で噂されていることだけは耳に入ってくるのが、お嬢様育ちでプライドが高い母には耐えられなかったのだろう。

父と母は毎晩のようにケンカをするようになり、それをロレッタが止める毎日だった。

しかし先週の金曜、父と母は珍しく機嫌が良かった。

湖水地方のウィンダミアに隠居しているという公爵が借金分の金を貸してくれるとのことで、二人で出向くと言っていた。

ウィンダミアは両親の新婚旅行先でもあり、また父と母が昔のように穏やかな顔をしているのを見て、ロレッタはホッとして出かける二人を送り出したのだが――。

屋敷を追われてロンドンの外れにある小屋のような家で、両親の帰りを待っていたロレッタの許へ二人が帰ってくることはなかった。

その代わりに警官が訪れて、両親がテムズ川に身を投げたことを報《しら》されたのだった。

それからのことはあまりよく覚えていないが、変わり果てた両親と対面した時は、どうして、という言葉が頭の中を駆け巡ってばかりで。

そうして警察から亡骸を引き取り、教会の墓地の外れにある自殺者が埋葬される名もなき墓所へ、両親を埋葬したばかりだった。

密葬ということもあり、ロレッタ以外に両親を弔《とむら》う者はいなかったが、新聞沙汰になったせいで、暇な人々が遠巻きにして悲しみに暮れるロレッタを見物している。

しかし好奇の目でこちらを見ている人々を追い払う気力もなく、ロレッタが墓所に佇んでいる時だった。

「まぁ、ヘインズ伯爵家のお嬢様が来たわ」

「確かロレッタの大親友だったそうじゃないか」

「爵位もなくなった大親友の為に密葬に来られるなんて、お優しい方だこと……」

カサブランカの香りに顔を上げてみれば、そこにはプラチナブロンドにスカイブルーの瞳をしたオードリーが、痛ましい顔をして見物人を振り返っていた。

「皆さん、どうかお引き取りください。これ以上、私の大親友を傷つけたくないの」

オードリーが声をかけると、見物人達は口々にオードリーを讃《たた》えながら去って行く。

「爵位もなくなったロレッタの為に声をかけるなんて、なんてお優しいのかしら」

「さすがはヘインズ伯爵家のお嬢様だな」

とは言っても新聞記者はその場から動こうともしなかったが、オードリーは見物人達を笑顔で見送り、すぐさまロレッタの許へとやって来て、優しく抱きしめてくれた。

「オードリー……」

「お父様に止められてて来るのが遅くなってごめんなさい。まさかおじさまとおばさまがこんなことになるなんて……」

「オードリー、私……私っ……！」

黒いドレスを纏った美女達が抱きしめ合って悲しみに暮れる姿を見て、新聞記者がカメラのフラッシュを焚く音が聞こえたが、社交界から遠ざかって久しいロレッタと両親の為にオードリーが駆けつけてくれたことが嬉しくて、ロレッタは大粒の涙を零した。

「よく一人で耐えたわね。さぁ、私にも祈らせて」

「どうもありがとう、オードリー」

両親の眠っている十字架にカサブランカのリースを掛けて、静かに祈るオードリーをカメラに収めると、新聞記者はさっさと墓所から出ていった。

それにはホッとしていると祈り終わったオードリーが、ロレッタの手をそっと取る。

「ここは寂しすぎるわ。私の家へ行きましょう」

「けれど……もう爵位もない私がお屋敷へ行くなんて」

今までならなんの躊躇もなく訪ねていたが、爵位もないただの娘となったロレッタが伯爵家の敷地に足を踏み入れるなんて畏れ多い気がした。

戸惑いながら凝視めると、オードリーは優しく微笑んでロレッタにしっかりと頷く。

「大丈夫よ。今ならお父様はお仕事でいないもの。さぁ、行きましょう」

「ぁ……」

半ば強引に墓所から連れ出されて教会の敷地から出ると、先ほどの新聞記者が二人のことを待ち構えていた。

「オードリー様、元大親友のご両親が心中したことについて、なにかコメントを」

新聞記者のしつこさに驚いてしまったが、オードリーは沈痛な面持ちで新聞記者に向き直りため息をついた。

「騙されてしまったとはいえ、死を選ぶなんてとても悲しいことだわ。それに残されたロレッタを思うと、私の胸も悲しみに張り裂けそうです……」

「さすがヘインズ伯爵家のお嬢様ですね。噂に違わずお優しい。ロレッタ、君も二十万ポンドという多額の借金を遺して心中したご両親についてなにかコメントして」

「わ、私は……」

まだ両親の突然の死を受け容れられないというのに、遠慮のない新聞記者に詰め寄られてロレッタがたじろいでいると、オードリーがロレッタを守るように立ちはだかった。

「悲しみに暮れている大親友を、どうかこれ以上追い詰めないでください。さぁ、ロレッタ、行きましょう」

「そんなことを言わずにひと言だけでも！」

オードリーに促されて車に乗り込んだが、新聞記者はロレッタのコメントを取ろうと窓越しに声をかけてきた。

しかしオードリーは運転手にすぐに出発するよう指示を出し、新聞記者が見えなくなるとホッとしたようにロレッタに微笑みかけた。

「とんだ災難だったわね。でも、私のコメントが載るだけで、きっともうロレッタの所へ新聞記者が来ることはないわ」

「どうもありがとう、オードリー。なんてお礼を言っていいのか……」

「いいのよ、大親友じゃない。と言っても、ずいぶんとロレッタを一人にしてしまったけれど……ロレッタの家が傾き出してから音信不通になってた私のことを怒ってる？」

「そんな！　オードリーにはとても良くしてもらってたもの。爵位をなくした私の家に、ヘインズ伯爵家のお嬢様が出入りしていたら場違いだってよくわかっているし、怒ってなんかないわ」

それどころか密葬の場にやって来て両親を弔ってくれたり、見物人や新聞記者から守ってくれたりしたことを考えると、感謝してもしきれないほどだ。

「本当にどうもありがとう。あの場にオードリーがいてくれなかったら、ただの見世物になっていたわ」

「そう言ってもらえると出向いた甲斐《かい》があるわ……ところであれだけ懇意にしていたバークリー伯爵家のノア様とロイ様は葬儀に来られなかったの？」

オードリーが首を傾げるのを見て、ロレッタは困ったように微笑んだ。

父が騙されて家が傾き出した頃だろうか、大学を卒業したノアとロイは兄弟で紅茶メーカーを設立していた。

ノアとロイの紅茶メーカーはロレッタの家の事業と反比例するように上手く軌道に乗り、仕事が忙しくなった分だけ疎遠になっていた。

「ノアお兄様とロイお兄様が大学へ進学してから、お二人共とても忙しくなって、それ以来お会いしていないの」

おかげで幼い頃のように意地悪をされなくなってホッとしたが、二人に染められた身体は疼くばかりで、一人で慰める癖だけは未だに治っていない。

もちろんそんなことは、いくら大親友でも口にできる訳もなく、当たり障りのない返答をすると、オードリーはどこかホッとしたように微笑んだ。

「そう、じゃあ四、五年はお会いしていないのね」

「ええ、最後にお会いしたのは五年前のホリデーだったかしら」

五年前のホリデーはノアとロイたっての願いでバークリー伯爵家に何日も滞在し、夜毎淫らな行為を強いられながらも、昼間はホリデーらしくクリスマスツリーの飾り付けを任されて、三人で飾り付けをした。それが最後の思い出だ。

「お二人共お忙しそうだものね。特にバークリー夫人が亡くなってから、家督を継いだノア様はお仕事以外にも領地の管理もあるでしょうし」

「そうね……」

身体が疼いた時に思い出す程度だったノアとロイの普段の暮らしぶりを思い浮かべ、ロレッタは遠くを凝視めた。

十九歳の今になって思えば、ノアとロイが異常なほどの執着ぶりでロレッタの身体を蝕んでいたのは、本性を見抜いたロレッタという存在がおもしろくて、ネコがネズミをいたぶるだけいたぶってからトドメを刺すような感覚だったのかもしれない。

いやになるほど執拗に愛を囁かれていたが、五年前から疎遠になったのは、忙しくなったことに加え、落ちぶれ始めたロレッタにはもう興味がなくなったのだと思う。

それにもう社交界に顔を出さなくなったロレッタが、ノアとロイの本性を暴く場所がなくなったことも大きいのだろう。

きっと今頃はロレッタに意地悪をしていたことなど忘れて、社交界で見つけた特定の女性と、結婚を前提にしたおつき合いをしている筈だ。

　もう爵位のないロレッタには遠い世界の話に思えて現実味がないが、あの兄弟なら花嫁になる女性をも欺いて、紳士的な態度で世渡りしているに違いなかった。

「さぁ、着いたわよ。まずはお茶を飲んでリラックスしましょう。あぁ、お菓子を食べるのは久しぶりよね？　なにか用意させるわ」

「そんな、お茶だけで充分よ」

「遠慮しないで。私達、大親友でしょう？　それに私がお菓子を食べたいの。それならいいでしょう？」

　悪戯っぽくウィンクをするオードリーに、ロレッタはようやく普段の笑みを浮かべることができた。

　ロレッタの家が傾いてから、オードリーの父であるヘインズ伯爵には会うことを禁じられていたと言っていたが、相変わらず優しい心遣いが嬉しかった。

　そしておしゃべりを楽しみ、ティールームへ案内されてみれば、薫り高い紅茶と共に、キューカンバサンドと数種類のケーキ、そして焼きたてのスコーンが用意されていた。

「さぁ、遠慮しないで食べて。ご両親が亡くなったばかりで不謹慎かもしれないけれど、またこうしてロレッタとお茶をすることができて嬉しいわ」

「ありがとう、オードリー。家に帰っても一人きりになるし、この先のことを考えると不安だったけれど、あなたのおかげで気持ちが楽になったわ」

心からの感謝を込めて微笑み、大好きなアッサムティーを飲むと、今まで張り詰めていた気持ちが本当に楽になって、ロレッタはホッとした気分になれた。

そんなロレッタを優しい瞳で凝視めていたオードリーだったが、少し複雑な表情を浮かべてため息をついた。

「こんなことを訊いていいのかわからないけれど……まだ借金はあるの？」

「えぇ、なにもかも失った私ではとても払いきれない借金が。明日からどうやって返済していけばいいのか……」

両親が亡くなったばかりなのに悲しみに暮れる暇もなく、きっと管財人がまた明日から返済を催促しに来るだろう。

それを思うと気が重くなってため息をつくと、オードリーも難しい顔をする。

「私のお小遣いを貸してもだめかしら？」

「そんな迷惑はかけられないわ。それにオードリーのお父様が黙っていない筈よ」

つき合いを禁じているくらいなのだ。きっと可愛い娘がロレッタと関わり合いになることをヘインズ伯爵は良しとしないだろう。

それになによりロレッタ自身が、優しいオードリーに迷惑をかけたくなかった。

「オードリーが今までどおり仲良くしてくれただけで充分。これからはただのロレッタとして、職を探して返済していくわ」

「職を探すって……お嬢様だったロレッタが働いてもきっと少額しか稼げないわ。それともなにかツテはあるの？」

「それは……」

オードリーの言うとおり、手に職のないお嬢様育ちの自分になにができるだろう？

しかし働かなければ返済はできないし、どうしていいのかわからずに黙り込むと、オードリーは少し考える素振りをしてからロレッタに向き直った。

「社交界で噂に聞いたことがあるのだけれど、高級サロンで働くのはどうかしら？」

「……高級サロン？」

「殿方がお酒を飲んで楽しむ場所だと聞いたわ。高級なサロンは紳士しか出入りしないということだったし、殿方のお相手をするだけで大金が手に入るそうよ。ロレッタほどの美人なら、きっとたくさんの殿方が相手に選んでくれて、すぐに返済できると思うの」

オードリーが微笑むのを見て、ロレッタは真剣に考え込んだ。

引っ込み思案で話題に乏しい自分が、果たして男性の酒の相手をできるだろうか？

しかし借金返済の為に大金を稼げるのであれば、なりふりなど構っていられないのも事実だし、大親友で伯爵家のオードリーが大金と言うくらいなら、普通の仕事よりきっとたくさん稼げるのだろう。

「あの……オードリーはその高級サロンにツテはあるの？」

「私が直接知っている訳ではないけれど、『花の庭』という高級サロンを紹介してくださる殿方はいてよ」

「それなら是非、ご存じな方を紹介してもらいたいわ」

自分の思いついた仕事に興味を示したロレッタに満足したのか、オードリーは満面の笑みを浮かべて頷いた。

「わかったわ。今晩にでもロレッタの家へ伺うように手配するわ。あぁ、そろそろお父様が帰ってくる時間ね。名残惜しいけれど、家まで送るわね」

「こちらこそ長居してしまってごめんなさい。それにいい仕事を紹介してくれてどうもありがとう、オードリー」

「いいのよ。私達、大親友じゃない。頑張って働いてね、ロレッタ。どうか元気で」

手をギュッと握りしめながら頷くオードリーに、ロレッタは感謝しきれないほど感謝して頷き返した。

爵位をなくしたのに、こんなに親身になって考えてくれる親友がいるだけでもありがたく感じて、すさんでいた心がほんのりと温かくなるようだった。

そして手を振る姿が見えなくなるまで車内からオードリーの姿を目に焼き付けていたロレッタは前に向き直り、これからのことを考えて小さく頷いたのだった。

† † †

誰も迎えてくれない真っ暗な家に辿り着いた頃には、辺りは夕闇に包まれていた。

オードリーが親身になって仕事先を紹介してくれる嬉しさはあったものの、やはり家に帰っても両親がもういないと思うと、心が沈んでいく。

それでも薄暗く底冷えのする家の中へ入り、急いで明かりを灯そうとした時だった。

「……っ!?」

背後からいきなり抱きしめられて、ロレッタは恐怖に悲鳴すらあげられずに固まった。

しかしいくら待っても背後から抱きしめてくる人物が動かないのを不審に思い、相手を刺激しないように慎重に口を開く。

「み、見てのとおりのあばら屋です。お金はありません……」

隙間風の吹き込む小屋のような家に強盗が入るなんておかしいと思いつつも、金など持ち合わせていないことを告げると、ロレッタを拘束している男がばかにしたように笑った。

「こんな小屋に金が目的で入り込む奴がいるものか。それより自分がどんなに価値があるかわかっていないようだな」

極上に甘いテノールを聞いた瞬間、ロレッタは息を吸い込んだまま動けなくなった。

何年も会っていないのに、相変わらず不遜《ふそん》な態度で言い放つのは、忘れもしない――。

「……ノアお兄様、どうして……」

もうずっと音沙汰がなかったのに、どうして今頃になって姿を現したのだろう？

わからないながらも息が苦しくなるほど抱きしめられて、喘ぐように声を絞り出すと、ノアはさらに強く抱きしめてくる。

「ロレッタ……」

「んっ……」

黒衣に包まれた柔らかな肌の感触を確かめるように指を食い込ませて、ギュッと抱きしめられる。

そして首筋に顔を埋めて、ロレッタが放つ香りを存分に確かめてから、ノアはようやく腕を緩めて正面から見据えてきた。

夕闇に光る深蒼色の瞳は相変わらずロレッタを冷たく見下ろしていて、つい条件反射で身を竦めると、つまらなそうに突き離された。

「早く明かりを灯せ」

「は、はぃ……」

慌てて体勢を整えて明かりを灯すと、ノアは眩しそうに目を細めながらも近くにあるくたびれたソファへと腰掛けた。

「密葬が終わって三時間近く経つのに、いったいどこへ行っていた。俺の知らない男にでも慰めてもらっていたのか？」

「そんな男性などいませんっ。弔いに来てくれたオードリーと一緒にいただけです」

「ヘインズ伯爵家の食えないお嬢様か。そういえば密葬の場でも相変わらず小賢《こざか》しく振舞っていたな」

　つまらなそうに息をついてオードリーを扱《こ》き下ろすノアに思わず反論したくなったが、それよりも、まるで葬儀をどこかで見ていたように話すノアのほうが気になった。

「……ノアお兄様も密葬の場にいらしてくださったのですか？」

「行かない訳がないだろう。だが、俺達が行けば新聞記者はもっと騒ぎ立てるからな。おまえ達が立ち去ってから献花してきた」

「ありがとうございます……」

　もう何年も会っていないので絶縁されたのだと思い込んでいたが、バークリー伯爵となったノアは、まだコーエン家を気にかけてくれていたのだ。

　そのことには素直に感謝をしてお礼をしながらおずおずと見上げると、ノアは五年前よりもさらに肩幅も胸板も厚くなり、逞しい大人の男性へと変貌を遂げていた。

　美しい顔立ちに似合いの深蒼色の瞳と艶やかなブルネットの髪は変わらないものの、社交界の娘達がこぞって求婚しそうなほど、男の色気に満ちあふれている。

「写真では見ていたが、美しくなった」

「え……？」

ロレッタが逞しい男性になったノアをつい見ていたように、ノアもまたロレッタを凝視めながら呟くのを聞いて首を傾げた。

写真で見ていたというのは、いったいどういうことだろう？

訳がわからずに戸惑っていると、ノアは冷酷な瞳をしながらもニヤリと笑った。

「フッ、まさか俺達がおまえを野放しにしていたとでも思っていたのか？　大学に進学してロンドンへなかなか帰れなくなってからは、おまえに探偵をつけて報告は受けていた」

「……っ!?」

聞いた途端にロレッタは、息を吸い込んだまま動けなくなった。

もう自分のことなど興味がなくなったと思っていたのに、わざわざ探偵をつけて日々の暮らしぶりを覗かれていたなんて。

想像するだけでもゾッとして固まったままでいると、ソファから立ち上がったノアに腕を引かれて広い胸の中へ閉じ込められた。

「なんで震えているんだ、ロレッタ？　心から愛していると何度も告白していた。愛している女がどんな暮らしをしているか、知りたいと思うのは当然のことだろう？」

「で、ですが……わざわざ探偵をつけるなんて……」

忘れかけていたが、ノアとロイの執拗さを改めて思い出して、ロレッタは小さく震えるしかなかった。

もう飽きたのかと思っていたのに、それどころかノアとロイの中では、ロレッタは今も欲望の対象になっていることを思い知らされた。

「お二人の本性は決して誰にも口外しません。ですからお願いです、もう爵位のなくなった私のことなど放っておいてください」

ノアの逞しい胸に手をついて身体を離そうとしたが、強い力で引き戻されて、また抱きしめられてしまった。

それでも腕の中から逃れようとしたが、力強い腕が緩むことはない。

「爵位など関係ない。それに借金はすべて返済する。ここは寒い、早く屋敷へ帰るぞ」

「ま、待ってくださいっ。ノアお兄様に大金をお借りすることなどできませんっ！」

一生働いても返しきれないかもしれない二十万ポンドという多額の借金をあっさりと肩代わりするなどと言われ、驚きすぎてノアの手を必死になって振りほどいた。

「なぜ拒む。俺達の許へ来い」

「いいえ、ノアお兄様とロイお兄様にご迷惑はおかけできません。それに今晩、オードリーの知人に『花の庭』という高級サロンを紹介してもらう手筈になっています」

ノアとロイを頼ってしまったら、それこそ一生、二人にいたぶられる人生が待っているだけだ。

この二人のことだ。ただで借金を肩代わりしてくれるとも思えないし、オードリーに紹介された仕事に就くほうが断然マシに思えたが——。

ロレッタの言葉を聞いて、ノアは片眉を上げて珍しく驚いた表情を浮かべる。

「高級サロンの『花の庭』だと……？」

「はい、殿方のお酒の相手をするお仕事だと聞きました。そこで働いて借金は返済していくつもりです」

決意を込めて言い切るロレッタを見て、ノアはなぜか深々とため息をついた。

そしてロレッタを改めて見下ろし、少し呆れたような表情をする。

「あのお嬢様が、ただ酒の相手をする仕事だと言っていたのか？」

「はい。オードリーから、お酒の相手をするだけで大金が手に入ると聞きました」

教わったとおりに答えると、ノアは少し考える素振りをしてから、またため息をついた。

「まったくあのお嬢様も悪知恵がよく働くものだ……」

「……悪知恵？」

オードリーが悪知恵を働かせるとは思えなくて訳がわからずに首を傾げたが、ノアはそんなロレッタを見てニヤリと笑い、おでこをつついた。

「いいだろう。高級サロンがどういう場所か、せいぜい勉強してくるといい。だがすぐに俺達に助けを求めることになると思うがな」

「そんなことありませんっ。きちんと働いてみせます」

「その強がりがどこまで続くか、楽しみにしていよう」

そう言ったかと思うと、ノアはロレッタに背中を向けた。

そのことにホッとしていると、扉に手を掛けたノアは、少しばかにしたような笑みを浮かべてロレッタを振り返った。

「ではまたすぐに会おう、ロレッタ。心から愛している」

もう二度と会うつもりのないロレッタは、ノアに返事をせずに顔を背けたが、ノアは特に気にしたふうもなく去って行った。

「絶対にノアお兄様方の世話になんかならないわ……」

ぽつりと呟いたロレッタは、決意を固めるように手をギュッと握りしめた。

ノアにはきっぱりと言い切ったが、オードリーも高級サロンがどんな場所か詳しくはわからないと言っていた。

しかし大親友のオードリーが勧めるくらいなのだ。とてもいい仕事先に違いないし、亡くなった両親の遺していった借金を必ず返済してみせると心に誓って、ロレッタは高級サロンの紹介者が来るその時を待った。するとほどなくして扉をノックする音が聞こえ、ロレッタは決意を込めて扉を開いたのだった。

†　†　†

十字路にさしかかる度にパブの明かりが煌々《こうこう》と灯る夜の街を車窓から眺め、ロレッタは少し緊張した面持ちで車のシートに身を預けていた。

隣に座る紹介者は年配の男性で、必要最低限の言葉以外話さない寡黙な人物だった。

名も語らず、ロレッタに働く意思を確認し、大切な物だけ用意するように指示したかと思うと、すぐに高級サロンへ向かうと告げられた。

いきなりのことで慌ててしまったが、大切な物などなにひとつないロレッタは、身ひとつで車に乗り込み今に至る。

(本当にこんな調子で大丈夫なのかしら……)

なにもかも急なことで、まだ高級サロンで働く自覚があまりないロレッタは、戸惑うばかりで先ほどから落ち着かない気分になっていた。

しかしロレッタがそわそわとしていても、紹介者は無関心で前を向いたままでいた。

働く先では男性の相手をするとのことだったが、こんな調子でやっていけるのか不安になってきた頃、車はとある屋敷の敷地に入り、玄関の前で停車をした。

「着きましたよ。降りてください」

「は、はぃ……」

紹介者に促されて降り立ってみれば、そこはロレッタの元の屋敷よりも立派なゴシック建築の屋敷だった。

酒の相手をするとのことだったので、パブをもう少し豪華にした建物を想像していたが、高級サロンを謳《うた》うだけあって建物からしてロレッタの予想を遥かに上まわっていた。

駐車場を兼ねた庭には夜目にもわかるほど薔薇が咲き乱れ、しかも屋敷の玄関にはドアマンの姿もあった。

「行きますよ」

紹介者がステッキをつきながらロレッタを伴って玄関の階段を上がっていくと、それに合わせてドアマンが両開きの扉を開いた。

その途端に目を細めなければならないほど眩《まばゆ》いクリスタルのシャンデリアと、たくさんの深紅の薔薇がロレッタを出迎える。

（なんて立派な玄関ホールなのかしら……）

まるで伯爵家に遊びに来たような感覚に陥って辺りを見まわしていると、階段の裏にある扉が開き、妙齢の美女が姿を現した。

「ようこそ『花の庭』へ。歓迎するわ」

「は、初めまして。ロレッタと申します。一生懸命働きますので、どうぞよろしくお願いいたします」

スカートを摘まんでお辞儀をすると、女主人と思わしき女性は、よくできましたとばかりにふんわりと微笑んだ。

「さすが元男爵家のお嬢様だこと。行儀作法を一から教える必要はなさそうね。それにとびきりの美人だし、ミスター、気に入ったわ。ロレッタはここで預かります」

女主人はにっこりと微笑むと、紹介者に封筒を手渡した。

それを受け取った紹介者は特になにを言うでもなく屋敷から去って行き、残されたロレッタが心許ない気持ちで佇んでいると、女主人はロレッタの緊張をほぐすように微笑んだ。

「改めて挨拶するわ。私はこの『花の庭』の経営を任されているイレーヌよ。どうぞよろしくね、ロレッタ」

「こちらこそよろしくお願いします」

「まだお客様が来店する時間ではないから、あなたの先輩達を紹介するわ。ついて来て」

先導して歩いて行くイレーヌに慌ててついて行くと、一階の右翼にある扉が開かれた。

するとそこには肌の露出の多い豪奢なドレスを着た絶世の美女達が、思い思いに高級なソファで寛いでいた。

ある者はお茶を楽しんでいたり、またある者は煙草《たばこ》を嗜《たしな》んでいたり、鏡に向かって身なりを整えている者もいた。

白とピンクを基調とした、アールヌーボーの豪華な家具が設えてある広大なリビングのような部屋に美女が揃っている様子は圧巻で、まさに『花の庭』と言うに相応しく華やかな雰囲気で、そして甘い花のとてもいい香りがしていた。

「みんな、新入りのロレッタよ。困っていたら面倒を見てあげてね」

イレーヌが声をかけると、それまで思い思いのことをしていた美女達は、一斉にロレッタを凝視めてきた。

まるで値踏みをされているような雰囲気に身を縮めていたが、煙草を燻らせていた美女と目が合うと、ふと微笑んでくれた。

「ハイ、ロレッタ。どうぞよろしくね」

「噂に違わず綺麗ね。よろしく」

それを皮切りにして、みんなが温かく迎えてくれたことにホッとして、ロレッタも慌ててスカートを摘まんでお辞儀をした。

「初めまして、ロレッタと申します。至らないところがあると思いますが、みなさんどうぞよろしくお願いいたします」

「久々に可愛らしい妹分ができたわ。イレーヌ、彼女の教育は誰が？」

「私が直接教育していくわ。さぁ、そろそろ旦那様方がいらっしゃる頃よ。今晩もお勤めよろしくね」

イレーヌの言葉に返事をすることはなかったが、美女達は各自に与えられたソファセットに婀娜《あだ》っぽく腰掛け、好きなように寛いでいた。

「さぁ、それじゃ部屋へ案内するわ。今日からそこがあなたの部屋であり、旦那様方をご接待する場所になってよ」

「今のお部屋でお仕事をするのではないのですか……？」

別の部屋でもてなすとは思ってもみなくて質問すると、美女達がいた部屋はウェイティングルームとのことだった。

そしてそこで旦那様と呼ばれる客が好みの美女の席へ座り、美女の同意があった場合に各自の部屋で接待するのだという。

お酒を楽しむだけなのに、なんだか段階を踏まなければ美女と楽しめないなんて、さすがは高級サロンということだろうか？

よくわからないながらも、男性の遊びなどまったく知らないロレッタは、イレーヌの説明にただ頷くことしかできなかった。

「さぁ、ここがロレッタの部屋よ」

階段を上がって左翼の一番手前の部屋が、ロレッタの部屋になるらしい。

イレーヌに導かれるまま中へ入ると、そこは屋敷暮らしに慣れていたロレッタでも驚くほど豪華な部屋だった。

踊れるほど広い部屋にはウェイティングルームで見たような、アールヌーボーの曲線が美しい白いソファセットが設えてあり、薫り高い薔薇が飾られていた。

しかし客を迎え入れる場所だというのに、その場にキングサイズのベッドがあることを不思議に思っていると、ソファに腰掛けたイレーヌに座るよう促されて、ロレッタもおずおずとソファに着いた。

「お父様とお母様のことは大変だったわね。でもロレッタが真面目に働けば、遺された借金はきっと十年……いえ、これだけの美貌なら八年で返済できると思うわ」

「八年で……」

一生働かなければ返済できないと思っていたのに、思いのほか早く返済できることに驚いていると、イレーヌはしっかりと頷いた。

「そうよ。まぁ、こちらとしては二十代いっぱいまで働いてもらいたいところだけれど。あぁ、八年間の生活費もその中から差し引かせてもらうわ」

「それはもちろんです」

こんなに素敵な部屋を与えてもらうのだ。生活費を引かれるのは当然のこととして素直に頷くと、イレーヌはにっこりと微笑んだ。

「ところでロレッタは特定の男性とおつき合いをしていたのかしら？　率直に言えばバークリー伯爵家のご兄弟のどちらかと男女の関係になっていて？」

先ほどから思っていたが、ロレッタの身の上に起こっていることや、交友関係を知っていることに驚いて目を瞠《みは》ると、イレーヌは苦笑を浮かべる。

「なんでなにもかも知っているの？　という顔ね。ここは紳士だけが入館することを許されているサロンだから、自然と貴族の方達の話は耳に入ってくるの」

それに両親のことは新聞を読んでいればわかるし、ロレッタだけでなく大抵の貴族の事情は知っているのだとイレーヌは言った。

「けれど詳しいことまではもちろん知らないわ。だからロレッタがバークリー伯爵家と懇意にしていたことは知っていても、どこまでのおつき合いをしていたかは知らないの」

「そうでしたか……バークリー伯爵とその弟さんには、妹のように可愛がってもらっていただけです」

もしかしたら三人の秘密も知られているのではないかとも思ったが、そういう訳ではないようなので、当たり障りのない返答をすると、イレーヌはなぜか嬉しそうだった。

「ならばロレッタは処女なのね？」

「は、はぃ……」

あからさまな質問に真っ赤になって頷くロレッタを見て、イレーヌはとても喜んでいる。

しかしどうして酒の相手をするのに、そんなことを訊くのだろう？

わからないながらも、なにか胸騒ぎがしてきたが、イレーヌはそんなロレッタには気づかない様子で話し続ける。

「それは良かったわ。ならば処女という付加価値もついて、旦那様方が初めての相手になる為に、競い合って値をつり上げてくるわよ」

「え……」

「優しい旦那様を選ぶようにするから、ロレッタはただ身を任せていればいいわ」

イレーヌのその言葉を聞いたところで、いやな予感は確信に変わった。

そして部屋にキングサイズのベッドがある理由にも合点がいった。

それでもその事実を認めたくなくて、ロレッタは胸の鼓動を抑えながらも、イレーヌに向き合った。

「待ってください、ここを紹介してくれた友人は、ただお酒の相手をするだけだと言っていました。なのに男性とその……ベッドを共にするなんて聞いてません」

「あら。そのご友人の説明が足りなかったみたいね。ここはお酒の相手だけでなく、むしろベッドのお相手をするほうがメインの、いわば高級娼館よ」

イレーヌの説明を聞いた途端、ロレッタは目を見開いてその場に固まった。

確かオードリーもどんな場所か詳しくはわからないと言っていたが、まさか高級サロンというのが、高級娼館だったなんて。

そんな場所だとわかっていたら、自らここで働こうとはしなかったのに、自分がとんでもない場所へ来てしまったことに愕然とした。

しかしロレッタの動揺に気づいている筈のイレーヌは、それまでの優しい笑顔ではなく、経営者の顔をしてロレッタを流し見る。

「言っておくけれど、この屋敷から娼婦が一人で外出することはできないわよ。娼婦がこの屋敷を去る時は、旦那様に気に入られて身請けをしてもらう時だけ。だから変な気は起こさないようにね」

暗にこの屋敷から逃げ出そうものなら、厳しい罰を与えられると仄めかされて、ロレッタは恐ろしさに身体を小刻みに震わせた。

しかし、不特定多数の男性を相手にすることなど、ロレッタには到底できない。

しかも相手は社交界で活躍している貴族が多いようだし、見知っている男性に組み敷かれることを想像するだけでゾッとした。

「ま、まだ契約はしていませんっ。ここで働くお話は、なかったことにしてください」

「あら、それはできないわ。紹介してくれた方に多額の紹介料を払ったもの。もしもここで働くのがいやだというのなら、今すぐ紹介料とあなたの為に用意したこの部屋の代金、合わせて十万ポンドをまとめて支払ってもらうわ」

「そんな……」

ただでさえ借金がある身なのに、そのうえ十万ポンドもの大金を支払わなければ解放されないだなんて、お金など持ち合わせていないロレッタには到底無理な話だ。

支払えない以上、ロレッタはここで様々な貴族の男性に組み敷かれる道しか残っていないということになる。

それを想像するだけで途方に暮れて呆然とするロレッタを見て、イレーヌはまた優しい表情で長いハニーブロンドの髪を撫でてきた。

「お友達の説明不足でここへ来たあなたには同情するわ、ロレッタ。でもこれが現実というものよ。借金を返済するには、ここで働くのが一番よ」

「ですが、私は……」

なんの覚悟もできていない状態で、今までロレッタを口々に褒め称えてきた男性達に組み敷かれることを考えるだけで怖気が走る。

なんとかしてここで働くことを取りやめにしてもらうことができないか、混乱した頭で考えてみてもいい案が思いつく訳もなく、落ち着きをなくしていたが、イレーヌはそんなロレッタを横目に見ながら、ソファから立ち上がった。

「あなたには明日からさっそく働いてもらうつもりよ。今から優しくて羽振りのいい男性に、ロレッタがデビューする話を持ちかける仕事があるから、私はここで失礼するわ。それまでに覚悟を決めて、今日はゆっくり休みなさい」

「ま、待って……待ってくださいっ！　いやですっ。私はまだ……！」

扉へ向かって歩いて行くイレーヌを見て、ロレッタも慌ててソファから立ち上がり、もつれそうな足でイレーヌを追った。

このままでは本当に、娼婦として働くしかなくなってしまう。

それだけは避けたくて、扉を強引に閉めようとしたイレーヌを必死に阻止して、廊下に出たところで追い縋る。

「お願いですっ。十万ポンドは必ずお支払いしますっ……ですからどうか、ここから出してください！」

「往生際が悪くてよ、ロレッタ。それにもう営業が始まっているから、早く部屋に戻りなさい。こんなにみっともない場面を旦那様方に見せる訳にはいかないわ」

「ですが、私はここで働く意思はありませんっ。お願いです、ここから出して……！」

「いい加減になさい。女が大金を稼ぐには、身を売るしか方法はないわ。それに他の娼館に比べたら、破格の扱いを受けることができるのだから、ありがたいと思われこそすれ、いやがられる筋合いはないわ。さぁ、早く部屋に戻りなさい」

「ですが……！」

確かに女が大金を稼ぐには、身体を売るのが一番の方法なのだろう。

それにこんなに高級な娼館ならば、あっという間に借金を返せるだろうことも頭ではわかっている。

しかし不特定多数の男性に身体を売ることなど想像だにしていなかったロレッタは、まだ現実を受け容れることができなくて、イレーヌのドレスをギュッと握りしめ、瞳を潤ませながらなんとかして思い止まってもらおうと必死になっている、その時だった。

「おっと。出迎えもなくて、なにか騒がしいと思って来てみたら、おもしろいことになってるね」

イレーヌのドレスに縋って廊下に這いつくばっているロレッタを見て、おもしろそうにクスクスと笑う男性をぎくりとして見上げた瞬間、ロレッタは言葉もなく目を瞠った。

思わず縋りついていたドレスから手を離すと、イレーヌはドレスの乱れを直しながら、深々とお辞儀をした。

「これはロイ様。お見苦しい場面をお見せしました」

「いや、そんなことないよ。『花の庭』で働くのが恐くていやがっている初心《うぶ》なロレッタなんて、滅多に見られるものじゃないしね？　久しぶりだね、ロレッタ」

「ロイお兄様……」

まるで何事もなかったように、にっこりと微笑むロイを見上げて、ロレッタはただただ呆然と廊下に座り込んだまま動けなくなった。

ノアと同様、五年前より美しく、そしてスーツがよく似合うスマートな男性にロイは変貌を遂げていた。

さらさらのブラウンの髪と、好奇心旺盛な深蒼色の瞳は相変わらずキラキラと輝いていて、廊下に這いつくばるロレッタを楽しげに凝視めている。

「ここで働くことになったと聞いて最初の客になろうと思って来てみたけど、もう売りに出している？」

「明日からのつもりでいましたけれど、上顧客のロイ様でしたらロレッタも安心すると思いますので、特別に出しますわ」

往生際の悪いロレッタに手を焼いていたイレーヌが、疲れたようにため息をつきながら許可を出すと、ロイは満足げに微笑んで、ロレッタと同じ視線まで座り込んだ。

「ということになったよ、ロレッタ。どう、僕が最初の相手でホッとした？」

「……っ…」

いくらよく知っているロイが初めての相手になるといっても、ロイの異常性を思えば嬉しい訳もなく、口唇を噛んだまま黙り込んだ。

しかしロイはすっかりその気らしい。ロレッタの手を取って立ち上がったかと思うと、胸の中へ閉じ込めて、慣れた様子で頬にキスをしてくる。

「可愛がっていたロレッタの初めてをもらえるなんて光栄だな。ご祝儀を弾まないと」

「そう仰っていただけるとありがたいですわ。すぐにシャワーを使わせますので、ウェイティングルームでお寛ぎください」

すっかりおとなしくなったロレッタを見てホッとした様子で促すイレーヌに、ロイは肩を竦めてみせる。

「せっかくだから一緒に浴びるよ。おいで、ロレッタ。僕が綺麗にしてあげる」

「い、いや……いやです……お願い、ロイお兄様……」

部屋へと向かおうとするロイに、ロレッタは首を振ってその場に踏み止まった。

そんなロレッタを見ておもしろそうに笑ったロイは、潤んだエメラルドグリーンの瞳をジッと凝視めてきた。

「勉強になった？」

「え……」

「大親友に騙されて自分がどんなに愚かな選択をしたか、反省してる？」

いつもふざけた様子のロイに思いのほか真剣な瞳で問い質されて、ロレッタはその時になってようやくノアの言葉を思い出した。

確かノアは高級サロンと銘打っている『花の庭』がどんな場所か、勉強をしてこいと言っていた。

今にして思えば、ノアは『花の庭』の実態をよく知っていたのだ。

しかしロレッタが働くと言い張るのを見て、実際にどんな場所なのか見せる方が早いと思ったのだろう。

お嬢様のオードリーが男性の遊びに詳しいとは思えないので騙されたとは思っていないが、自分がいかに愚かな選択をしたのかは身に沁みてよくわかった。

ノアの申し出を突っぱねて、自ら恐ろしい場所へとび込んだことは反省している。だから素直に頷くと、満足げに微笑んだロイは、ロレッタを抱きしめてイレーヌに向き直った。

「気が変わったよ、イレーヌ。可愛い妹分のロレッタをここで働かせる訳にはいかない。言い値で身請けするよ」

「ま、ぁ……ですがロレッタは私の手でこの『花の庭』の稼ぎ頭にする予定でしたの。それ相応の値段になりましてよ」

驚きつつもイレーヌは、経営者としての顔つきになり、笑顔を崩さないロイを探るような目つきで見ている。

「うん、元男爵家の深窓のお嬢様で、社交界では高嶺《たかね》の花だったロレッタを抱きたい男は星の数ほどいるからね。もしも店に出したらたちまち稼ぎ頭になるだろうな」

「それを承知されているのでしたら……二十五……いいえ、三十万ポンドはお支払いしていただきたいわ」

自分に三十万ポンドもの値が付くことに驚いてなにも言えずにいたが、ロイもまた笑顔を崩して驚いた顔をしている。

　そんなロイを見てイレーヌは、してやったりといった表情で微笑む。

「三十万ポンドなんてとんでもない！　ロレッタが三十万ポンドだって!?」

「ほほ、ロレッタにはそれほどの価値はありましてよ」

　イレーヌは勝ち誇った顔をしてロイに艶然《えんぜん》と微笑んでみせ、先ほどから飛び交っている金額に驚き、固まったままでいるロレッタを取り戻そうとしたが、ロイはそれを察知してロレッタを包み込むように抱きしめ直し、ハニーブロンドの髪にキスをした。

　そしてイレーヌを見下ろしながら、得意げな顔をしたかと思うと――。

「僕らの可愛いロレッタを、そんなに安く見積もらないでほしいな」

「……それはいったい……?」

　ロイの言葉にイレーヌが戸惑った表情を浮かべると、ロイは悪戯っぽく微笑んで指をパチン、と鳴らした。

　するとその合図に応えて、ノアと同年代の二十代半ばとおぼしき男性が、ブリーフケースを手に現れた。

「ロバート」

「はい。こちらに百万ポンドございます。どうぞご確認ください」

　ロバートと呼ばれた男性はブリーフケースを開き、イレーヌに札束がぎっしりと入ったそれを差し出した。

「百万ポンド……」

その金額にはさすがのイレーヌも驚きを隠せない様子で、ブリーフケースの中身をただ呆然と眺めているだけだった。

そしてロレッタも自分を手に入れる為だけに、百万ポンドという大金を簡単に支払うノアとロイの常軌を逸した行動を目の当たりにして、ただただ驚くばかりだった。

両親が決して少額ではない二十万ポンドの借金を返済できずに命を絶ったというのに、自分にその五倍の金額をつけるなんて異常としか思えない。

しかしノアとロイが、そこまで自分に執着しているという形の表れなのだろうか？

あまりに大金すぎて逆に現実味がなかったが、支払うだけ支払ったロイは、飄々とした態度で、イレーヌと同じように呆けていたロレッタを抱き上げた。

「きゃっ……!?」

「それじゃ、ロレッタはもらっていくよ。じゃあね、イレーヌ。ごきげんよう」

ロイは愛想良く挨拶をしたが、イレーヌはまだ動けずに、ロイと抱き上げられているロレッタを見上げているだけだった。

ふっかけたつもりが予想を上まわる大金を積まれて、さすがにもう口出しができない、といった様子だ。

それを見届けたロイはクスクス笑いながら、ロレッタを軽々と抱いて階段を下り、ドア

マンに扉を開けさせると車に乗り込んだ。

「んっ……っ……!?」

その途端、ロイに口唇を奪われ、ロレッタはいきなりのキスに目を見開いたが、目の前に広がる深蒼色を見て、慌てて目を閉じた。

するとロイは薄く開いたベビーピンクの口唇を思う存分堪能してから舌を潜り込ませて、ロレッタのそれを搦《から》め捕《と》ると、想いの丈を伝えるように思い切り吸ってくる。

「んふっ……ん……」

久しぶりのフレンチキスに息継ぎの仕方すら忘れていたロレッタが、喘ぐように身体ごと仰け反ると、ロイは宥めるように身体を撫で上げ、すっかり育ちきった乳房を確かめるように揉《も》みしだいた。

「あ、あん……や、んんっ……ん……!」

質素なドレスに覆われた乳房に手を這わせ、見つけ出した乳首を擦られると、布地の感触が響いて、小さな乳首はあっという間に尖ってしまった。

それを指先でくりくりと弄られたかと思うと、ロイはキスを続けながら身体を撫で下ろしていき、スカートの裾から手を差し込み、白く柔らかな脚を撫で上げ、申し訳程度に生えている叢《くさむら》の感触を確かめる。

そして昔、キスマークを残されていた脚の付け根を撫でられると、それだけで秘所が潤んでくるような感触がして、ロレッタは口唇を振りほどいて、いやいやと首を横に振った。

「あ、んんっ……ぃ、いやぁ……！」

ロレッタの抵抗などまったく気にせずに、ロイはもう一度だけチュッと音をたてるキスをしてから、ギュッと抱きしめて悪戯っぽく微笑んだ。

「ノアには内緒だよ。今のは女傑のイレーヌ相手に大勝負に出た僕へのご褒美。ロバートも言っちゃだめだからね」

「承知しております」

「ぁ……」

いつの間にか運転席に座っていたロバートの声を聞いて慌てたが、ロイはロレッタを抱きしめたまま放そうとしなかった。

「ロバートなら気にしないで大丈夫。執事だったリチャードの息子で僕らをよく理解している忠実な執事だから」

「父が昔お世話になりました。現在は私が父に代わりまして、バークリー伯爵家の執事をしております。どうぞお見知りおきを」

「こ、こちらこそ」

運転をしながらロバートに簡単な自己紹介をされて、ロレッタはロイにまるでテディベアのように抱かれながら、なんとか返事をした。

「ロバートはノアと同い年の二十四歳。執事の専門校を首席で卒業してから、我が家に入ったんだ。で、母さんが亡くなったのを機にリチャードがリタイアしてからは、本当の僕らをサポートしてくれてるんだよ」

「本当のロイお兄様方を……」

ということは、ロレッタだけが知っていた兄弟の本性を知りながらも、忠実に仕えているということか。

つまりはロレッタを偏愛している兄弟を、心から理解しているということになる。

だから先ほど百万ポンドの大金を支払った時も、ロイが車内でロレッタに襲いかかっていた時も、平然とした態度でいたのだ。

「それにしてもロレッタをすぐに見つけられて良かった。イレーヌが出し渋りしたらどうしようかと思ったけど、ロレッタが騒いでたおかげで案外早く片付いたし」

「ぁ……あの、ありがとうございます……」

娼館で売られる前に助けてもらえたお礼を言うべきか悩んだものの、やはりここはと思い直して感謝を口にすると、ロイは髪にキスをしてきた。

「うん、充分に感謝して。さっきも言ったけど、ロレッタのことを抱きたいと思っている男は本当にたくさんいるんだよ」

中にはもう役立たずになっているのに、ロレッタを弄びたがっている年配の男性もいるらしく、『花の庭』で売り出されたら、社交界で暇を持て余している男性達がひっきりなしに押し寄せてくると聞いて、今さらながらにゾッとしてしまった。

「ノアも言ってただろう？　自分にどんなに価値があるかわかってないのはロレッタだけだって。僕らが昔から警戒してたから、今まで無事でいられたんだよ？」

なんだかロイの話を聞いていると、大学に入学して疎遠になった頃も守られていたように聞こえた。

「……もしかして、探偵をつけてたというのは私の為なのです、か……？」

「さぁ、どう思う？」

逆に訊き返されて、ロレッタは考え込んでしまった。

ノアに探偵をつけていると聞いた時には、生活を覗き見られていると思って恐かったが、それだけではないような気がしてきて、嬉しいような困ったような複雑な気分に陥った。

「まぁ、ロレッタの成長していく様子を楽しみにしてただけだけど。僕らの想像どおりに育ってくれて、すっごく嬉しい」

「ロ、ロイお兄様っ……」

乳房を揉みしだきながら頬擦りをされて、ロレッタは身を竦めながら、やはり兄弟の偏った愛情表現に戸惑いを見せた。

なにを考えているのかわからない分、ノアのほうが恐ろしいが、愛情をストレートに表現して執拗なスキンシップを取りたがるロイの魔手も充分に恐い。

今も乳首をくりくりと擦り上げられて、声をあげずにいるのが精一杯だった。

「フフ、相変わらず敏感だね、ロレッタは。ちょっと触っただけで、乳首がこんなに尖るなんて、今も自慰してるんだね」

決めつけたように言われてしまい、咄嗟《とっさ》に否定できずに頬を火照《ほて》らせると、ロイはクスクス笑いながら乳首をきゅううっと摘まんだ。

「深窓のお嬢様なのに、自慰が大好きで堪らない淫らなロレッタを心から愛してる」

「ロイお兄様……！」

いくら忠実だとはいえ、ロバートに聞かれているのがいたたまれなくて声をあげたが、ロイはクスクス笑うばかりだった。

「そろそろ屋敷へ着きます」

ロバートの声に車窓を見てみれば、一際立派なバロック建築の左右対称の屋敷が見えてきて、相変わらず栄華を誇っていることが窺える。

またすぐに会おうと言ったノアと対面することを思うと今から気が重いが、会わない訳にはいかず、まだ触れてこようとするロイから逃れてシートの隅で小さくなりながら、ロレッタは茨の紋章で装飾されている門扉が閉ざされるのを見て、もう後戻りできない気分に陥ったのだった。

†　†　†

通されたプライベートリビングで、ロレッタは供された紅茶に手をつけることもできずに、ソファでただただ小さくなっていた。

久しぶりに見る室内は、ノアに代替わりしてから改装が施されたようで、以前の白とグリーンが基調の明るい部屋ではなく、深みのあるダークブルーとゴールド、そして飴色に輝くローズウッドの家具が配置され、落ち着きがあり重厚な部屋に変わっていた。

しかし様変わりしたプライベートリビングをゆっくりと眺める余裕もなく、ロレッタは正面に座るノアとロイの強い視線に耐えきれず、長い睫毛を伏せた。

「あの時の強がりはどこへ行ったのか、ずいぶんとしおらしくなったものだ。『花の庭』がどういう場所か、充分に勉強できたようだな」

「……はぃ」

ノアに勝ち誇ったように鼻で笑われても反論できずに、ロレッタは小さく頷くことしかできなかった。

「僕が行くのがもう少し遅かったらって思うと、今でも恐いよ」

「そのことについてはとても感謝しています。まさかオードリーに紹介された仕事先が高級娼館だったなんて。本当のことを知ったら、きっとオードリーも驚くと思います」

ロイが事前に助けに来てくれたおかげで売りに出されることはなかったが、イレーヌは明日からさっそく売り出すと言っていた。

もしもそうなっていたらロレッタ自身も傷つくが、社交界でこのことが噂になったらオードリーはきっと自分のことを責めて気に病むに違いない。

それを考えるとノアとロイに買い取られたほうがマシに思えてため息をつくと、二人は顔を見合わせて、それからノアはばかにしたように笑った。

「ノアお兄様、ロイお兄様……？　あの……」

なにか変なことでも言ってしまったのかと首を傾げるロレッタを見て、ノアは呆れたように笑うばかりで。

「まったく、どこまであのお嬢様を信頼しているのだか。『花の庭』が高級娼館だということくらい、あのお嬢様は充分に承知の上でおまえを送り込んだのだぞ」

「そんな……！　そんなことはありません。オードリーは私のことを思って、よく知らないまま高収入の職を斡旋《あっせん》してくれただけです」

あの優しくておしとやかなオードリーが、そんなことをするとは思えなくて、断言するノアに刃向かうように反論したが、それまでことの成り行きをおもしろそうに眺めていたロイが、笑いを堪えきれないといった様子で噴き出した。

「まったく、どこまでお人好しなんだよ。おしとやかな振りをしているけれど、オードリーはものすごくしたたかだよ」

「……オードリーがしたたか？」

「うん。密葬の場にわざわざ駆けつけて、自分のことを新聞記者に撮らせたのも、ロレッタの為じゃなくて自分の為」

密葬なのだから本当に弔う気持ちがあるなら、誰もいなくなってから祈りに来るのが礼儀だとロイは言うが、それでもまだ信じられないロレッタは首を横に振った。

「ですが、オードリーは心から弔ってくれました。大親友なんです、彼女が私を陥《おとしい》れるような真似をするとは思えません」

それにもしもノアとロイが言うように、オードリーが自分を陥れているのだとしても、その理由がまったく思いつかない。

だから必死になってオードリーを弁護したが、ノアは呆れたようにため息をつき、ロイも仕方なさそうに肩を竦めてみせる。

「すっかり騙されちゃって。オードリーはね、社交界で自分が一番注目されたかったんだよ。でもみんなロレッタに夢中で、爵位は上なのにオードリーはいつも二番手」

ロレッタが社交界から遠ざかっても話題に上るのはロレッタの可憐さばかりで、オードリーにはそれが屈辱だったのだとロイは言う。

「つまり、嫉妬してたオードリーは、ロレッタが慰み者に堕ちるところまで堕ちて、どん底に這いつくばればいいと思っていたのさ」

「そ、そんなの信じられませんっ……」

優しいオードリーがそんなことを目論んでいたと言われても信じられない。

あの微笑みが嘘偽りだとも思えないし、思いたくもない。

唯一心を許せる大親友が実は自分を妬んでいるなんて、想像するだけでも失礼だ。

だからいくらロイが嚙み砕くように説明しようとも頑なに拒絶していると、ノアがそんなロイを手を上げることで制した。

「あのお嬢様について話す時間も無駄だ。それより俺達のこれからについて語ろう」

「それもそうだね。ロレッタ、僕もノアもロレッタを愛している気持ちは他の誰にも負けない自信があるよ。だからこれからは三人で仲良く暮らしていこう」

「三人で……仲良く？」

「二人でロレッタを取り合う不毛な闘いをしても決着がつかないからな。三人で愛し合えばなにも問題ない」

ノアとロイの中では、もう三人で愛し合うことが決定しているらしい。

確かに三人で秘密を共有してきたとはいえ、とてもではないが二人の愛を同時に受け止めることなどできそうもなくて、ロレッタは戸惑いにエメラルドグリーンの瞳を揺らした。

それに二人の男性を愛していくなんて、きっと二人が良しとしても世間や神様がお許しにならない。

なによりロレッタ自身、そんな倫理に反した関係になることを恐ろしく感じてソファに張りついた。

「ま、待ってください……お二人に百万ポンドで買い取られたからには、それなりの覚悟はできています。ですが三人でなんて……」

「覚悟ができているのなら問題ない。これからは俺達に愛されて生きていけばいい」

「簡単だろう？　ロレッタは僕達に身を任せていればいいだけの話だよ」

「ですが……！」

三人で愛し合っていくという、歪みきった関係が成り立つとは思えない。

なんとか思い直してもらいたくて二人を凝視めたが、ノアとロイの深蒼色の瞳は迷うことなく、ただロレッタだけを映している。

その瞳はどこか達観しているようにも見えた。

まるで二人は禁忌を犯すことなど、もう既に超越したように見えて——。

「……っ……」

思わずぞくりと背筋が震えて動けずにいると、二人は示し合わせたように立ち上がった。

そして怯えて固まるロレッタの腕を摑んだかと思うと、二人は手を引いてくる。

「来い、ロレッタ」

「これから僕らが暮らす部屋へ案内するよ。ロレッタもきっと気に入ると思うよ」

「ノアお兄様、ロイお兄様……待って……待って！」

必死になってその場に留まろうとしたが、二人がかりで引っ張られては、いくら抵抗しても無駄だった。

あれよあれよという間に、三階の右翼の最奥になる部屋へと連れ込まれてしまった。

「ここは……」

「主が代々暮らす、この屋敷で一番陽当たりのいい部屋だ」

「三人で暮らすには少々手狭だったし、ロレッタの為に大々的に改装したんだよ。どう、気に入った？」

プライベートリビングは重厚な雰囲気だったが、ロレッタの為にと改装された部屋は、クリーム色とゴールドが基調になっている、品があるのにとても豪奢な部屋だった。

そしてロレッタの好きなローズピンクもファブリックに取り入れられていて、全体的に女性的な明るい部屋になっている。

「これだけじゃないよ、こっちへおいで」

ロイに手を引かれるまま続き部屋になっている寝室へ行くと、そこはやはりクリーム色を基調とした、落ち着いた部屋になっていた。

オレンジ色の明かりが灯っているせいか、どこか温かみがある部屋には、大人が五人は眠れそうな広い特注のベッドと揃いの家具が一式設えてあり、額縁で装飾された大きな姿見が壁に設置されている。

そして三人掛けのラウンドテーブルには、ナイトキャップのスコッチウィスキーが用意されていて、寝室にしてはとても広い部屋だった。

「このさらに奥が浴室になっているが、そこはあとで見ればいい」

「そうだね。それより今日はいろんなことがありすぎて疲れただろう？　なにも考えずにゆっくり眠るといいよ」

「え……？」

寝室へ連れてこられて覚悟をしていたのに、ゆっくり休んでいいと言われて思わず拍子抜けしてしまった。

「なんだ、その顔は。一人寝がさみしいと言うのなら、期待に応えるが？」

「い、いいえ。今日はとても疲れて混乱しています。一人でゆっくり休みたいです」

慌てて首を振ると、二人はロレッタを交互に抱きしめて頬に熱烈なキスをしてきた。

「愛している、ロレッタ……今日はゆっくり休め」

「おやすみ、ロレッタ。いい夢を」

「おやすみなさい。ノアお兄様、ロイお兄様……その、どうもありがとうございます」

ロレッタが感謝の言葉を口にすると、二人はふと微笑んで寝室から出て行った。

それでもまだ二人の気配を探っていたが、本当に去って行ったことを確認すると、ロレッタはホッと肩の力を抜いた。

（ノアお兄様もロイお兄様も、昔よりずいぶん優しくなられた……？）

昔は本性を知るロレッタの身体にばかり興味があるようだったが、歳を重ねて大人になった分、紳士的に扱ってくれるようになったのだろうか？

三人で愛し合っていくと言われた時には驚いてしまったが、両親を弔いに来てくれたり、高級娼館から助け出してくれたりしたことを考えると、二人が本当に愛してくれているように思えて、胸が意図せずドキドキと高鳴った。

（やだわ。なんで私、こんなにドキドキしているのかしら）

まだ三人で愛し合って生きていく道を素直に受け容れられずにいるのに、ノアとロイに優しく扱われ、そして心から想われていると思うだけで落ち着かない気分になってきた。

しかしロレッタはそんな思いを振り払うように、豪華で広い浴室でシャワーを浴びた。

ボイラーが壊れて水のように冷たいシャワーを浴びてばかりいたロレッタは、久しぶりに温かな湯を存分に浴びることができただけでも贅沢な気分になれた。

それにラベンダーの香りがする石鹸やシャンプーで身体の隅々まで綺麗に洗い上げると、張り詰めていた気持ちが一気に緩んで、心からリラックスできた。

もしもロイが『花の庭』へ迎えに来てくれなかったら、きっと今頃、暗澹たる気持ちでいただろうことを考えると、こうしてシャワーを浴びてリラックスできていることをありがたいと思った。

それに一人でゆっくりする時間をくれたノアとロイのことを考えると、心の奥から甘やかな気持ちが湧き上がってきて、ロレッタは戸惑いつつも柔らかな胸を押さえた。

（なんでノアお兄様とロイお兄様のことばかり考えてしまうのかしら……）

本来ならば天国へ旅立った両親へ、祈りを捧げなければいけないのに。

しかし両親の密葬を思い出せば、静かに祈りに来てくれたらしい二人のことを、どうしても考えてしまって。

途中からは援助を断られてしまったが、ノアとロイがロレッタをもらい受けに来ると信じていた両親も、二人に見送られ、それに買い上げられたとはいえ、ロレッタが二人の庇護の許に収まったことを知って、きっと安心していることだろう。

そう思えば両親が旅立った悲しみも、幾分慰められる気がした。

（お父様、お母様……どうか安らかに眠ってください。私なら大丈夫、ノアお兄様とロイお兄様がついているもの）

とはいえ、二人を同時に愛することが果たして自分にできるか、まだ禁忌を超える覚悟のできないロレッタには難しい課題だが、恐ろしい場所から助け出してくれたノアとロイには、できるだけの感謝を返したいと思っている。

そしてもちろん、密葬に駆けつけてくれたオードリーにも感謝している。

しかし本当に二人が言っていたように、オードリーは『花の庭』を高級娼館だと知っていながら、ロレッタに紹介したのだろうか？

そして社交界にはもう顔を出すこともないロレッタを、本当に妬んでいるのだろうか？社交界では、いつも二人揃って褒められていた記憶しかないのに、オードリーはそれでも自分が憎いのだろうか？

自問自答をしたが、はっきりとした答えを導き出すのが恐くて、ロレッタは思い至った考えを振り切るように頭からシャワーを浴びた。

そしてバスローブに身を包んで化粧水で肌を整えると、クローゼットに入っていたネグリジェを遠慮がちに身に着け、その晩は早々にベッドへ潜り込んだ。

久しぶりに寝心地のいいベッドに身体を預け、極上のフェザーケットに包まれただけで、今日一日のめまぐるしい出来事が霧散するようで、両親の密葬からいろいろありすぎて混乱していた気持ちがほぐれていくのを感じた。

疲れ切っていた自分をこんなに優遇してくれるなんて、二人には感謝してもし足りない。

しかしその恩をどう返せばいいのか考えているうちに、ロレッタはうつらうつらとし始めて、いつの間にか深い眠りに就いていた。

†第二章　散りゆく決意†

　カーテンを開く音を聞いた気がして目をうっすらと開くと、天井まである飾り窓から朝陽がたっぷりと射し込んでいるのが見えて、まだ寝ぼけ眼のロレッタは、一瞬だけ自分がどこにいるのか混乱した。

「おはようございます、ロレッタ様。よく眠れましたでしょうか？」

「え、えぇ……」

「それはなによりです。ノア様とロイ様がテラスでお待ちです。着替えが済みましたらご案内いたします」

　ゆっくりと起き上がったロレッタに、ロバートがにっこりと微笑みながら言うのを聞いて、自分がバークリー伯爵家に迎え入れられたことを思い出した。

　とはいっても買い取られた身ではあるが、ノアとロイにとってはロレッタがこの屋敷でおとなしく二人の言いなりになっていることが重要なのだと思うし、迎え入れられたと言っても、なんら不自然ではない。

「お召し替えのお手伝いをしたほうがよろしいですか？」

「いいえ、自分でできます」

ロバートに声をかけられて、ぼんやりしていたロレッタは慌ててベッドから立ち上がった。そして浴室で身なりを整えてからロバートに手渡された極上のコットンで作られたドレスを広げ、あまりの見事さに言葉をなくした。

「では、隣の部屋でお待ちしております」

「え、ええ」

質素なドレスに慣れ切っていたロレッタは、久しぶりに緻密《ちみつ》な刺繍《ししゅう》やフリルで飾られたドレスに袖を通し、壁の姿見を恐る恐る覗き込んだ。

白い胸を強調するように襟ぐりをフリルで覆われたドレスは、胸の下から細いリボンで括れた腰まで締め上げるようになっていて、腰から下は細いウエストを強調するようにスカートがふんわりと膨らむ、とても素敵なデザインになっている。

もう自分にはこんなドレスなど似合わないと思ったが、姿見に映る自分を見たロレッタは、まだ見られる姿を確認してから、慌てて髪をサイドだけ結い直した。

そしてドレッサーに置いてあったいくつもの髪飾りの中から、白い花がたくさん鏤《ちりば》められている物を選んで飾りつけ、白粉と控えめなピンク色の口紅で薄化粧をした。

（おめかしするなんて、久しぶりだわ……）

最近は日々の暮らしを乗り切るのに精一杯で、おしゃれをする余裕すらなかった。

しかし久しぶりに綺麗な物で飾りたてるのは思いのほか楽しくて、鏡に映る自分に、ロレッタは自然と微笑んでいた。

「ロレッタ様、お支度は調いましたでしょうか？」

「ええ、お待たせしました」

扉を開いたロレッタが微笑むと、昨夜はポーカーフェイスだったロバートは、驚いたように目を見開いていた。

「これがロレッタ様の本来のお姿なのですね。昨夜、絶世の美女にお会いできて光栄に思っておりましたが、さらにお美しい。さすがはノア様とロイ様が選んだだけはあります」

「そんな……褒めすぎです。久しぶりに着飾ったので、変でなければいいけれど」

「お二人が喜ばれる姿が目に浮かびます。さっそく参りましょう」

あまりに褒めてくれるので照れてしまったが、ロバートはすぐにポーカーフェイスに戻り、部屋から出ると先導して歩き出した。

昨夜は辺りを見まわす余裕もなかったが、臙脂《えんじ》色の絨毯《じゅうたん》が敷かれている長い廊下に点在する柱には、見事な壺や薔薇が活けられた花瓶が配置されている。

中には昔と同じ花瓶などもあり、それを懐かしく思いながら階段を下りていき、ロバートに誘われるまま右翼にあるティールームのテラスへ行くと、そこには新聞を手にしたノアと、まだ眠そうにあくびをするロイが紅茶を飲みながらロレッタを待っていた。

「……お待たせしました。おはようございます、ノアお兄様、ロイお兄様」

おずおずと声をかけると、二人は同時に着飾ったロレッタを見た。

そしてノアは満足そうに微笑み、ロイは軽く口笛を吹く。

「僕が見立てたドレスをよく着こなしたね。綺麗だよ、ロレッタ。おはよう」

「よく眠れたか？」

「はい、久しぶりにぐっすりと眠れました。それにこんなに素敵なドレスをどうもありがとうございます」

素直に感謝の言葉を口にして二人の間の席に着くと、ほどなくしてロバートが出来立ての朝食を運んできた。

まずは温かな紅茶と共にライスポリッジが供《だ》され、それを食べ終わった頃合いに両面を焼いたトーストが置かれ、トーストにはバターとマーマレードが用意された。

そして桃のコンポートと一緒に運ばれてきたメインディッシュは、ノアにはサニーサイドアップの目玉焼きとカリカリに焼いたベーコンと温野菜が。

ロイにはポーチドエッグと、ハーブ入りのソーセージ、それにフライドトマトが添えられた皿が置かれ、ロレッタの皿には大好きなオーバーミディアムに焼かれたターンオーバーの目玉焼きに、マッシュルームのソテーとフライドトマトが添えられていて――。

「これは……」

男爵家の娘だった頃に毎朝食べていたメインディッシュとまったく同じ物を供されたことに驚いてつい皿を見ていると、ノアが声をかけてくる。

「確かロレッタはこの組み合わせが好きだっただろう」

「は、はぃ……覚えてくれていたのです、か？」

「もちろん。ロレッタの好みなら、僕らは食べ物だけじゃなく、服やアクセサリーや好きな薔薇の種類までぜんぶ覚えているよ」

そういえばラベンダーの香りがする石鹸やシャンプーや化粧水も何気なく使ったが、ロレッタのお気に入りだった、フランスはプロヴァンスの物だった。

そこまで好みを覚えているなんて嬉しいと思う反面、もう五年も疎遠になっていたのに、どこか空恐ろしくも感じた。

しかしこれもノアとロイの気遣いなのだと自分に言い聞かせ、二人に後《おく》れを取らないように、そして専属のシェフが作ったせっかくの朝食をよく味わいながら食べた。

屋敷を追われてからは、パンを買うことすら難しく、薄く伸ばしたポリッジを親子で分けて食べていたが、久しぶりに食べるフルブレックファストの味は格別だった。

それから桃のコンポートを食べている間に、ロバートが食後の紅茶を淹れてくれて、その薫り高い紅茶を楽しんでいると、ノアも紅茶を楽しみながらロレッタを向いた。

「満腹になったか？」

「はい、久しぶりにお腹いっぱい食べました」

昨日は食欲などまったく湧かなくてなにも食べていなかったが、よく眠れたことに加え、バークリー伯爵家の専属シェフの腕が確かなこともあり、美味しく食べることができた。

僅かに微笑んでみせるロレッタを見てノアは満足したように頷き、ロイもまたにっこりと微笑んだ。

「僕らが仕事に行っている間、庭でも散策しておいでよ。ロレッタが好きなコモン・モスの薔薇園があるよ」

「まぁ……」

広大な庭には薔薇が咲き乱れているのに、さらにコモン・モスだけの薔薇園があると聞いて、ロレッタは興味を示した。

コモン・モスはミディアムピンクをしたとてもいい香りの薔薇で、ロレッタの最も好きな種類だ。

「ロレッタの為に庭師が丹誠込めて咲かせた薔薇だ。部屋に飾るなり風呂に浮かべるなり使い道があるだろう。好きに摘むといい」

「ありがとうございます。ですが、あの……」

「なんだ？」

「お二人がお仕事をされているのに、私だけ遊んでいていいのか……なにか私にできるお仕事はありませんか？」

使用人に暇を出してからは、掃除は毎日してきたので、窓拭きでも床のモップ掛けでもきちんとできる自信がある。

だから勇気を振り絞って提案してみたが、ノアとロイは顔を見合わせて笑うばかりで。

「掃除や食器磨きはメイドがしているし、庭の手入れは庭師がしている。その他の仕事はロバートが仕切っているし、使用人から仕事を奪うな。なによりロレッタをメイドとして迎え入れた訳ではない」

「そうだよ。ロレッタは昔のように花を摘んだり刺繍をしたり、ピアノを弾《ひ》いたりお茶を楽しんだりして、僕らが帰ってくるのを待つのが仕事。わかった？」

念を押すように言われてつい頷いてしまったが、それはまさに貴婦人の過ごし方だ。

ノアとロイが仕事をしているのに、自分だけ楽しんで二人の帰りを待つことに戸惑いを隠せないが、それが仕事だと言われてしまっては従わざるを得ない。

「……わかりました。おとなしくお兄様方の帰りを待っています」

「そうしてくれ。では行ってくる」

慌ただしく立ち上がったノアとロイに続いてロレッタもつられるように立ち上がると、ノアが力強く引き寄せてきた。

「きゃっ……!?」

思わず逞しい胸に縋ると、顎を軽く持ち上げられて深いキスを仕掛けられた。

「んっ……っ……!」

チュッと音をたてて吸われたかと思うと、薄く開いた口唇の中へ舌を潜り込ませてきて、ロレッタのそれを搦め捕り、思い切り吸ってくる。

朝からこんなに熱烈なフレンチキスをされるとは思ってもみなくて、抵抗すら忘れて受け容れていると、舌を絶妙に絡められてしまい、舌先がくすぐるようにひらめく。

その度に官能に触れて、身体をぴくん、ぴくん、と跳ねさせたが、ノアはそんなロレッタの身体を宥めるように撫でてくる。

やがてロレッタが烈しいキスに腰が砕けてしまうと、ノアは力強い腕で支えつつ、最後に思い切りロレッタの可憐な口唇を味わってから、ようやく離した。

「は、ぁ……っ……」

あまりにも情熱的なキスを仕掛けられて、ロレッタがぼんやりとしながらノアに縋りついて息を整えるのに必死になっていると、今度はロイに引き寄せられた。

「んや……」

「だめだよ、僕とも……ね？」

「ぁん……ん……っ……」

　僅かに抵抗を試みたが、口唇が触れそうな位置で囁いたロイは、ノアに負けじと息すら奪うほどの烈しさで口唇を合わせてきた。

　しかしすぐに離れたかと思うと、またチュッと音をたてて口唇を舐めては塞ぐのを繰り返されて、その甘えるようなキスに口唇が甘く痺れてきた。

「んふ……」

　堪らずに口唇を開くと、ロイもまた舌を潜り込ませてきて、舌先をそっとつついてきた。あまりにも感じて反応すると、今度は大胆に動き出した舌に搦め捕られ、思い切り吸われてしまった。

　ノアの烈しいフレンチキスで腰が砕けていたロレッタは、ロイの巧みなキスにも感じて自分で立っていられなくなった。

　そんなロレッタをしっかりと抱き留めていたロイは、最後にチュッと音をたてるバードキスをして、すっかり二人のキスに酔いしれてしまったロレッタの背中を撫でてきた。

「ごちそうさま。もう立てる？」

「は、はぃ……」

　なんとか自分の足で立ったロレッタを見届けた二人は、満足げな顔をしてジャケットを着込み、身なりを整えると玄関ホールまでロレッタを伴って歩き出した。

「では行ってくる」

「僕らが帰るまでいい子にしててね。じゃあね！」

「いってらっしゃいませ」

ノアとロイはまたロレッタの頬にキスをしてから、それぞれ違う車に乗り込んだ。

そして静かに動き出した車の窓から、ノアはロレッタをただ凝視め、ロイは手を振りながら去って行った。

車が見えなくなるまで見送っていたロレッタだったが、門扉が閉まる音を遠くに聞いて、火照った頬を冷ましながら、一緒に見送っていたロバートに向き直った。

「あの、ロバート。私はこれからどうしたら……」

「ノア様とロイ様が仰っていたとおり、どうぞご自由にお過ごしください」

どうやらロバートにも話は伝わっているようで、オーダーを訊く気満々といった様子で微笑まれてしまい、ロレッタは迷った挙げ句にロバートをおずおずと見上げた。

「では、ロイお兄様が仰っていたコモン・モスの薔薇園を散策したいと思います」

「かしこまりました。薔薇を摘むご用意をいたします」

そうしてロバートは手際良く棘避《とげよ》けの手袋と、剪定《せんてい》用の鋏《はさみ》が入ったバスケットを用意してくれた。

「コモン・モスの薔薇園は屋敷を背にして右側の東屋《あずまや》の傍にございます。リラックスできるよう誰も近づけませんので、どうぞ心ゆくまでご堪能ください」

「どうもありがとう」

バスケットを受け取りながら僅かに微笑んで、ロレッタは庭の散策を開始した。

深呼吸をすると緑と薔薇の香りが胸一杯に広がり、それだけで充分リフレッシュできたが、二人に仕掛けられたフレンチキスの余韻はまだ醒めず、口唇はまだ二人が触れているような感覚がして甘く痺れていた。

(朝からあんなにすごいキスをしてくるなんて……)

油断していたとはいえ、朝の挨拶にしては濃厚すぎるフレンチキスは充分に刺激的で、先ほどから胸の鼓動が耳にうるさい。

それでも深呼吸をすることで気持ちを落ち着かせ、東屋を目指して歩いて行くこと十数分。まるで箱庭のようなコモン・モスの薔薇園へ辿り着いた。

「素敵……！」

低木に隠されている様子がまるで秘密の薔薇園のようで、ロレッタはすっかり気に入ってしまった。

アーチを抜けて中へ入ると、甘い香りを放つミディアムピンクの薔薇が、まるでロレッタを歓迎するように咲き乱れている。

ゆっくり鑑賞できるように設計されている地面は芝生になっていて、ガーデンテーブルのセットもあり、薔薇園の中央には可愛らしい噴水まであった。

チョロチョロと流れる水音を聞いているだけでも心が癒されるようで、ガーデンテーブルに着き、しばらくは大好きなコモン・モスを眺めていたのだが――。

（まだ感触が残ってるわ……）

疼く口唇に指を添えて、先ほどのフレンチキスを思い出すだけでロレッタは頬を薔薇色に染め上げた。

大人の男性になった二人のキスは昔よりも熱烈で、そして身体の芯から熱くなってしまうほど巧みだった。

キスをされただけで腰が砕けて立っていられなくなるなんて、そんな経験は初めてで、その時のことを思い出すだけで、また身体が熱くなってくるようで。

（いやだわ、早く忘れないと……）

気を紛らわせようと努力をしても、口唇に残る感触をどうしても意識してしまう。

そのうちに甘く疼いていた口唇に呼応するように、淫らな感覚が湧き上がってきて、胸の頂がぷつんと尖ってしまった。

「ぁ……」

上質なコットンのドレスに擦れる感覚を敏感に捉えてしまい、ますます淫らな感情が溢れてきて、ロレッタは戸惑いながらもドキドキする胸を押さえた。

（お願い、治まって……）

　このままでは屋敷に戻ることもできないとあって、手のひらに感じる粒が眠ることを願っていたが、押さえつけた拍子に自ら擦り上げてしまった。

「ぁ、ん……っ……」

　幼い頃からノアとロイによって弄られていた敏感な乳首は、ほんの少しの刺激でも快感を得てしまう。

　それがたとえ自らの指であってもだ。幼くして自慰を教え込まれたせいで、自らの指でも気持ちよくなれてしまう癖が抜けていなかった。

（あぁ、お願い……ノアお兄様、ロイお兄様……もういじめないでぇ……）

　心の中でその言葉を呟きながら、粒立った乳首を指先でくりくりと擦り上げるのがいつもの始まりだった。

『いじめてない。可愛がってるんだ』

『フフ、ロレッタは本当に乳首を弄るのが大好きだよね』

　目を瞑ると頭の中でノアとロイがロレッタを唆す声が聞こえ、乳首を擦る指はノアとロイの指へと変化する。

（あぁん……あっ、あ……！　そんなふうに引っ張っちゃいやぁ……）

『うそをつけ。本当は大好きなくせに』

『いや、じゃなくてもっとしてって言ってごらん……』

ノアとロイの声に従いながら、ドレスの上から乳首を何度も何度も摘まむ。

それが気持ちいいくせにいやいやと首を振り、それでも指は休むことなく動き続ける。

「んっ……っ……」

尖りきった左の乳首をまるで円を描くようにじっくりと捏《こ》ねながら、右の乳首は布地が擦れる音がするほど速く擦りたてると堪らなく好くて、ロレッタは背を仰け反らせながら潤み始めた秘所を意識して足を摺り合わせた。

『さぁ、ロレッタ。俺達しか知らない秘密の場所を見せてみろ』

「ぁ……」

『フフ、ロレッタってばもうこんなに濡らして……』

(あぁん、ノアお兄様、ロイお兄様……いや、いやぁ……お願い、そんなふうにして見ないでぇ……！)

妄想の中ではノアとロイが、床に跪いてロレッタの秘所を思い切り開き、ニヤリと笑いながら濡れた秘所を覗き込んでいる様子が浮かんでいる。

堪らずにスカートの中へ手を忍ばせたロレッタは、脚を開きつつ指を秘所の中へと潜り込ませた。

くちゅりと音をたてながら蜜口から愛蜜を掬《すく》い取り、柔らかな陰唇を撫で上げ、その先にある秘玉を濡れた指先でつつくと得も言われぬほど気持ちよくて、腰が溶けそうになる。

「あ、ん……っ……」

『上手だよ、ロレッタ……指をもっと速く動かしてごらん……』

『乳首ももっと弄れ』

二人の声に従って、乳首を擦りたてるのと同じ速度で秘玉をくりくりと弄ると、あまりに気持ちよくて腰が淫らに蠢いてしまう。

その様子も二人に凝視められている妄想に浸りながら、自分の気持ちいいように愛蜜を掬い取りながら秘玉を弄り続けているうちに、腰がぴくん、ぴくん、と突き上がるようになってきた。

(あぁ……いい？　ノアお兄様、ロイお兄様……もう達ってもいい？　もう我慢できないの……もう達っちゃう……！)

『いいよ、ロレッタ……思い切り淫らに達ってごらん』

『愛している、ロレッタ……』

「ぁ……あっ……あ……っ……！」

秘玉を指先で擦り上げた瞬間、腰をひくつかせながら達し、それでもまだ指で擦りながら快楽に浸った。

そして全身に快感が広がり、もう触れていられなくなると、息を弾ませて快楽の余韻に浸っていたのだが――。

(私、またなんてことを……)

全身から熱が退いていくのと同時に深い後悔が怒濤のように押し寄せてきて、ロレッタはエメラルドグリーンの瞳を曇らせた。

(もうやめようと思っていたのに……どうして……)

しかも誰もいないとはいえ、庭で自慰に耽ってしまった自分が信じられない。

最近は自重していたのに、その反動だったのだろうか?

それにしてもノアとロイに濃密なフレンチキスをされただけで、あるまじきことに二人の屋敷の庭で自慰に耽るなんて。

二人に教え込まれた悪癖から抜け出せない、自分のあまりの淫らさに呆れてしまうばかりで、ロレッタは自分で自分がいやになった。

(本当になんて淫らなのかしら……)

いくら二人に仕込まれた身体だとはいえ、両親の死後も自慰の誘惑に勝てないなんて。本当に穢れた身体を厭わしく思い、また神様に顔向けできない罪を背負った気持ちになったロレッタは、自分を責めては落ち込んだ気持ちになり、重いため息をついて、しばらくはその場から動けなくなっていた。

†　†　†

「元気がないな」

「え……？」

舌が蕩けるような美味しい夕食を終え、それぞれがシャワーを浴びたあと。

三人の部屋のリビングで、ナイトティーを楽しんでいる時だった。

唐突に切り出された言葉に、ロレッタはふと顔を上げてノアを凝視めた。

「今朝よりも元気がない。俺達がいない間になにかあったのか？」

「いいえ……夕食の時にお話ししたとおり、薔薇を摘んだり昼寝をしたりして、のんびりと過ごさせていただきました」

僅かに微笑みながら夕食時に話したとおりの言葉を口にしたが、ノアはもちろんロイも納得がいかない顔をしている。

「もしかして、ゆっくり考える時間がありすぎて、両親のことを思い出しちゃった？」

「それは……」

両親に祈りを捧げもしたが、両親の死については自分の中で折り合いをつけたこともあり、悲しみはあるものの仕方がなかったと思っている。

それよりも庭での一件を、ロレッタはまだ引きずっているのだった。

罪深く淫らな身体を抑えることができなくて、二人のことを思いながら自慰に耽った自分をまだ許せないでいた。

もちろん二人に言える訳もなく長い睫毛を伏せていると、二人はロレッタの都合がいいように捉えたようだった。

「まさか死を選ぶほど追い詰められていたとはな。二年前、最後の援助をした時、コーエン氏には援助に頼るのではなく、地道に働くよう仕事先を紹介したのだが……」

「そうだったのですか!?」

初めて聞く話に驚いて、ロレッタは目を見開いた。

バークリー伯爵家に援助を打ち切られてからも、父は懇意にしていた知人に援助を頼みに行き、僅かな金を援助してもらっては借金に充てることしかしていなかった。

しかし今にして思えば、プライドだけは人一倍高かった父だ。

ノアが仕事先を紹介してくれたとしても、労働者階級に混じって仕事をすることだけはプライドが許さなかったのだろう。

「……両親は爵位がなくなっても、階級にしがみついていたかったのだと思います」

もしも父が考えを改めて、ノアに紹介された仕事を地道にしていたら、また違った道があっただろうことを考えると、つい重たいため息が洩《も》れてしまった。

「まぁ、ロレッタの両親の気持ちも、わからなくはないけどね。でもロレッタにすべてを負わせたのは、ちょっと許せないかな」

「はい、それでけっきょくノアお兄様とロイお兄様に、ご迷惑をおかけすることになってしまって……」

申し訳なく思いつつ、ロレッタは二人を見上げた。

夕食の時に聞いてみれば、今朝二人が別々の車で出かけたのは、ロイが会社に出勤して、ノアはロレッタが抱えている借金を清算しに、管財人の許へ出向いたからだった。

おかげでロレッタはもう借金に苦しむこともなくなった。

とはいっても、これで完全にノアとロイの許から離れられなくなったのだが――。

幼い頃は二人がとても恐ろしくて、言いなりになるしかできなかった。

特に本性を見抜いたことを詰問された時が一番恐かった。

意地悪など誰にもされたことのなかったロレッタにとって、髪を引っ張られたりスカートを捲られたりして、乱暴な口調で詰問をされたのは、とてもショックな出来事だった。

おかげでそれがトラウマになり、二人には逆らえなくなって――。

性的な意味合いで触れられたのは、それからすぐだった。

その時も肌をまさぐられる未知の恐怖で身体が強ばって、なにが起きたのかよく覚えていないくらい恐ろしい目に遭った気がする。

しかし初心だった身体は、二人に弄られているうちに徐々に淫らに作り替えられ、唆されて始めた自慰が病みつきになったのは、あっという間だった。

幼い頃の自分を思い出せば、否が応でもノアとロイの影がつきまとい、二人に染められた身体を何度も厭わしく思って恨みもしたが――。

再会してから優しく扱ってもらっていることを考えると、ノアもロイも成長したことで、性格が円くなったのかもしれない。

相変わらず愛を囁いてくるのには今も戸惑ってしまうが、もう誰にも頼れない今となっては、二人の庇護の許で暮らしていくことが、ロレッタにとって一番にも思えてきた。

「ご迷惑ばかりおかけして申し訳ございません……」

「気にすることはない」

「そうだよ、愛するロレッタの為ならなんともないよ」

「ノアお兄様、ロイお兄様……」

けっきょく自分の為に合計で百二十万ポンドもの大金を支払ってくれた二人に、どうしたら報いることができるだろう？

それを考えると昨夜二人に提案された、三人で愛し合っていくという禁忌を受け容れることが一番になるのだろうか？

しかし心にブレーキがかかるのは、やはり昔を引きずっているせいなのか――。

考えれば考えるほど迷宮に迷い込んでしまいそうになったが、そもそもどうして二人はこんなにも自分に拘るのだろう？

「あの……あの……ノアお兄様もロイお兄様も、私を愛していると仰ってくださいますが、私のどこにそんな価値があるのでしょう？」

昔から愛を囁かれてはいたが、恐ろしいとは思っても、深く考えたこともなかった。

しかし三人での愛の形を提案された今、理由をきちんと訊いておかなければ、きっと後々後悔するに違いない。

だから真剣な瞳で真っ直ぐ凝視めると、ノアとロイは顔を見合わせ、それからなぜかおもしろそうに笑った。

「まさか愛することに理由を求められるとは思わなかったが、いいだろう。初めて出会った時、まずその美しさに目を奪われた」

「社交界デビューする娘は大抵ドレスに着られて顔なんか印象に残らないのに、ロレッタは豪華なドレスを着こなして誰よりも綺麗で、生きた人形かと思うほどの美人だもんね」

その時を思い出しているのか、二人はどこか遠くを見るような目をして語っているが、まさかこの二人に美しいと言われる日が来るとは思わなくて、ロレッタは目を瞬《しばた》かせた。

「だが美しさにひれ伏して跪いたというのに、俺達の本性を一発で見抜いて手を引っ込められた時には、もう恋に堕ちていたのかもしれない」

「こ、恋……!?」

寡黙なノアから恋という言葉が出てきたことに驚きすぎて、ロレッタは目を瞠った。

しかし驚きに固まるロレッタには構わず、ロイもつくづくといった様子で、当時を振り返るようにノアの言葉に続く。

「あれは新鮮だったよね。母様ですら僕らを良くできたいい子だと信じて疑わなかったのに、僕らの歪んだ性格をひと目見ただけで見抜くってことはさ、逆を言えば僕らを理解してくれてるっていうことだもんね。恋に堕ちるのも無理はないだろ」

「本当の俺達を初見で見抜いたロレッタを愛おしく思うのに、そう時間はかからなかった。そして手に入れたいと心から思った」

「我が家へ招いてた時も本気で怯えるから、会う度に愛おしくなって。可愛くて堪らなくて、あの頃は大好きな想いをぶつけまくってたよね」

楽しげに話す二人を前に、ロレッタは真剣に考え込んでしまった。

ロレッタと二人の感覚のズレが大きすぎて、どこから突っ込んでいいものか。

いじめられていたと思い込んでいたのに、まさかそれが二人の愛情表現だったとは。

あの頃は二人から逃れるのに必死だったのに、二人にはそれが可愛く映っていたなんて、どこまで歪んだ性格をしているのだろう。

しかし今の話でよくわかった。納得はできないが歪んだ性格をしている二人の気持ちを、今ならなんとか冷静に理解できる。

あれが愛情表現だったというのはまだ腑に落ちないものの、いくら本意ではなかったとはいえ、幼い頃から三人だけの淫らな遊戯に身体を熱くし、今に至っても密かに自慰を繰り返して、とっくに穢れた身体をしているのだ。

今さら倫理を盾に清廉潔白な道を歩もうとも、悪癖が直るとも思えない。

ならばこの身を差し出すことくらい、どうということもない気がして、ロレッタはティーカップを静かに置いた。

そして決意を込めてその場に立ち、ノアとロイを真っ直ぐに凝視めた。

「ロレッタ……？」

「……ノアお兄様、ロイお兄様。お話ししてくださって、どうもありがとうございます。私にはお二人にこの身を捧げることしかできません。お兄様方が望むなら、私はお二人のものになります……」

とても勇気がいったが自ら望む形で言い切り、ミルク色の肌をほんのりと染めて立ち尽くしていると、ノアとロイもソファから立ち上がり、僅かに震えるロレッタを包み込むように抱きしめてきた。

「俺達を受け容れる覚悟ができたのだな」

「はい……」

「僕らのものになってくれるんだね？」

「はい」

しっかりと返事をしてノアとロイを見上げると、二人は柔らかな頬にキスをした。

そして急くことなく寝室へと向かうと、ベッドへロレッタをそっと寝かせた。

「……っ…」

シーツの冷たさに僅かに身を竦めて見上げると、ノアとロイもまたロレッタを凝視めながらシルクのパジャマを脱ぎ捨てている。

「ぁ……」

まるで彫刻像のように逞しく、均整のとれた身体をしているノアと、筋肉はついているのにしなやかな身体をしているロイの裸体を前にして、これから始まる三人だけの行為に、ロレッタの心臓はコトコトと音をたてた。

そしてノアが右側に、ロイが左側に位置して、熱く乾いた身体を擦り寄せてきただけでも、体温が一気に上昇していく気分になって――。

「愛している、ロレッタ」

「ノアに負けないくらい僕も愛しているよ」

「ぁ、ん……」

成長したロレッタの身体のラインを確かめるように撫でながら、二人はネグリジェをあっという間に脱がし、口唇や頬にキスをしてくる。

それに合わせてロレッタもキスに応えると、まずはノアが濃密なキスを仕掛けてきた。

「んふ……ん……っ……」

舌を搦め捕られたかと思うと、想いの丈を伝えるように思い切り吸われて、ねっとりと絡められる。

それに応えてロレッタもおずおずと吸い返すと、舌をざらりと舐められてもっと烈しく求められ、身体に火が灯っていくのを感じた。

「綺麗だよ、ロレッタ……ノアのキスはそんなに好い？」

「ぁん……っ……！」

キスに夢中になっている様子を見ていたロイはクスクスと笑いながら、ロレッタの身体を優しく撫でては、張り出した双《ふた》つの乳房にそっと触れてくる。

「昔は硬くて少ししか膨らんでなかったのに、大きくなったね。でも乳首は昔と同じベビーピンクで可愛いままだ」

「んふ、ん……」

育ちきった乳房を揉みしだきながら、尖り始めた乳首を指先に捉えてすりすりとくすぐられると、途端に甘く淫らな感覚が湧き上がってきて、ロレッタは僅かに背を反らせた。

するとノアも口腔の感じる場所を舌先でくすぐりながら、頬を撫でていた手で首筋を撫で下ろしていき、右の乳房を揉みしだいてくる。

「ぁ、あん……ん、ふ……っ……ノアお兄様、ロイお兄様ぁ……」

あまりの気持ちよさにキスを振りほどき、舌っ足らずな声で名を呼ぶと、ノアはニヤリと笑いながら尖りきった乳首を口に含んだ。

「あ、あぁん！　ノアお兄様ぁ……あん、ん……そんなにだめぇ……！」

「好い声。ロレッタは本当に乳首が好きだよね」

そしてロイはクスクス笑いながら頬にチュッとキスをしてから口唇にもバードキスをして、やはり同じように左の乳首をちゅると音をたてて吸い込んだ。

「んんっ……あ、あっ、あぁ……あ……！　あぁ、一緒になんて……」

ちゅくちゅくと音がたつほど両方の乳首を同時に吸われたり、口唇に挟んで引っ張られたりすると、小さな乳首がじんじんと甘く痺れるほど気持ちいい。

ともすれば乳首を吸われるだけで達してしまいそうなほどで、二人を引き離そうと髪に指を埋めたが、ノアに軽く歯を立てられ、ロイに舌先でくりくりとくすぐられると、そのどちらの刺激にも感じてしまって、ただ髪を搔き混ぜることしかできなかった。

「あン……ん、んふ……だめ、だめぇ……ノアお兄様もロイお兄様も……そんなに吸っちゃいやぁ……！」

乳房を揉まれながら乳首をいいように吸われる度に、胸の疼きは最高潮に達し、ロレッタは身体を淫らに波打たせ、堪らずに白い脚をシーツに彷徨わせる。

大人の男性になった二人が同時に愛撫してくるだけで、こんなにも感じるなんて。

四肢といわず全身が燃えるように熱くなり、少しもジッとしていられないほどだった。

そんなロレッタを知ってか知らずか、ノアとロイは乳房を手と口唇で愛撫しながら、びくん、ぴくん、と身体を跳ねさせるロレッタの身体を撫でる。

「あぁん……ん、んやぁ……！」

全身をくまなく愛撫されるだけで、身体の芯から震えるほどの快感が湧き上がり、あまりの刺激にロレッタはエメラルドグリーンの瞳を潤ませた。

しかしノアもロイも成長したロレッタの身体をもっと知りたいとばかりに、なめらかな肌の感触を確かめるように手を這わせてくるばかりで。

「あ、やぁ……ぁ……あんんっ……ん……ふ……」

二人の手が滑るように身体を撫でていくと、その名残で肌が疼き、もうどこを触れられても感じてしまうようになってしまった。

四本の手がひらめく感触を鋭敏に感じ取ってはびくびくっと反応し、ロレッタは堪らない悦楽にとうとう涙を流した。

「いや、いやぁ……もう触っちゃいやぁ……」

首をふるふると振りながら涙声で訴えると、まずはノアが音をたてながら乳首から口唇を離し、ニヤリと愉しげに笑いながら、さんざん弄って薔薇色に染まった乳首を摘まむ。

「泣くほど気持ちいいのか？　ずいぶんと敏感な身体に育ったものだ」

「あ、ん……違います……お兄様方が昔とは違うから……」

ぶるりと震えながら首を横に振って否定したが、それを聞いたロイも乳首から口唇を離し、クスクス笑って乳房の感触を楽しむように頬擦りをしてくる。

「褒め言葉だと思っておく。でもロレッタも敏感になったと思うよ？　ほんの少し触っただけで泣くほど感じちゃうなんて……フフ、ここを弄ったらどうなるのか楽しみ」

「いやぁん……！」

言いながらロイに叢を撫でられたかと思うと、脚を大きく開かれた。

ぱっくりと開かれた秘所は既に愛蜜で潤っていて、外気が触れるだけでもひくりと反応してしまうほどだった。

その様子を二人がじっくりと眺めていると思うと、羞恥を感じながらも快感を得てしまい、蜜口からまた新たな愛蜜が溢れてはシーツにたれていく。

「昔は蕾みたいだったのに、ロレッタの一番恥ずかしい場所もすっかり大人だ」

「蜜をたっぷりとたたえた淫らな花のようだな」

「いやっ……そんなに見ないでくださぃ……」

まるで観察するようにしながら恥ずかしくなることを言われるのがいたたまれなくて、

身体を捩って抵抗しようとした。

しかし脚を閉じることはできずにいると、ロイが脚の付け根の際どい場所を撫でてきた。

「見て、ノア。僕らの証拠が少しだけ残ってる」

「え……？」

「さんざん残してきた自覚はあるが……ロレッタの肌は白いから定着したようだな」

そんな場所など見たことのないロレッタは、キスマークの痕跡がまだ身体に刻まれていたとは思わなくて驚いてしまった。

しかし二人は満足そうに脚の付け根を撫でてくる。

「ん……っ……」

自覚はなかったものの、そこを撫でられると感じてしまうのは相変わらずで、思わず息を凝らすと、二人はさらに笑みを深くした。

「ロレッタの身体は俺達を覚えていたようだな」

「嬉しいな。また僕らの証を残してあげる……」

「あぁ……」

顔を寄せたロイがチュッと音をたてて吸いついた瞬間、昔に戻ったような錯覚に陥った。

ただ為す術もなく敏感な箇所を吸われ、軽い痛みを感じるだけで身体を二人に支配された気分になり、じわりと熱くなってくると、ロレッタ自身も共犯者になったようで——。

(いいえ、違うわ……これは私が望んだ結果……)

ふと現状を思い返し、情欲に潤んだ瞳でロイとノアを凝視めると、ロイはいっそう強く吸いついてきて、そしてノアも笑みを含んだ表情でロレッタに覆い被さってきた。

「あん……ぁ……あっ……ノアお兄様、ロイお兄様ぁ……」

大きく育った乳房をノアに、そして濡れに濡れた秘所をロイが同時に愛撫してくる。

胸からも秘所からもぴちゃぴちゃと淫らな音がたつ。

「あぁっ……そんなにしたら私っ……!」

特に乳首をノアに吸われながら、蜜口から秘玉にかけてをロイに舐め上げられると堪らなく好くて、ロレッタは身体をぴくん、ぴくん、と跳ねさせた。

「あん、んん……あ……あぁん……」

二枚の舌がひらめくだけで、こんなに感じてしまうなんて。

昔よりも濃厚な愛撫に身体が甘く蕩けていくのがわかり、堪らずにシーツを摑んで心地好い刺激に酔いしれていると、舌先で秘玉を転がしていたロイがふいに顔を上げた。

「フフ、昔はこのくらいしたらあっという間に達ってたのに」

「あぁん……ぃや、いやぁん……やめないで、ロイお兄様ぁ……」

絶頂に向かって上り詰めていたのに途中で愛撫を中断されて、ロレッタは堪らずに腰を淫らに振りたてた。

昂奮に包皮から顔を出している秘玉は、今やロイの舌を待ち焦がれて、じんじんと甘い疼きを発している。

そしてなぜか蜜口の中が、なにかを欲するようにひくひくと蠢くのを感じた。

「やめてほしくなかった？　ここをもっと舐めてほしい？」

ここ、と言いながら指先で秘玉をちょこん、とつつかれるだけでも感じてしまい、ロレッタは熱く潤んだ瞳でロイを凝視めた。

そして——。

「あん……は、はぃ……もっと舐めて……」

「よく言えたね。ご褒美にうんと気持ちよくしてあげる」

「あっ……あぁっ……あ、あっ……！」

昔よく言わされていた淫らな願いを口にすると、ロイは満足そうに笑って、また秘所に顔を埋めた。

そして秘玉を口の中へちゅるっと吸い込むのと同時に、ひくひくと淫らな開閉を繰り返す蜜口の中へ長い指を挿し入れてきた。

「あ……あぁ……！」

幼い頃はそこまでされたことがなく、未知の体験に身体が思わず伸び上がる。

愛蜜をたたえた蜜口はあっさりとのみ込んでしまったが、二本の指を含まされただけでもきつく感じ、ロレッタは戸惑いながらも息を逃すことでその違和感に慣れようとした。

「上手いぞ、ロレッタ……」

「あん、ん……ぁ……あ……！　あぁ……！」

秘玉を吸われているうちに、そのきつさにも慣れてきて、それどころか挿入された指をせつなく締めつけると、なにやら心地好さすら感じた。

同時に乳首が固く凝るのも感じ、それをノアに優しく噛まれた途端、埋められた指を甘く感じてしまって――。

「あん、ん……んふ……」

「……感じてきたな。ロイ、ロレッタはもっとしてほしいようだ」

「あぁ、待って……あん、ロイお兄様、もういや……」

ノアに応えたロイに指を烈しく出し入れされると、ぷちゅくちゅと粘ついた音がたつ。

長い指がつついてくる度に腰の奥から甘さが湧き上がってくるようで、ロレッタは戸惑いながらもその感覚に耐えるよう、ノアの首に縋りついた。

「気持ちいいようだな。ロイの指をそんなに気に入ったのか？」

「あぁん、あっ、あっ、あぁ……んぅ……ノアお兄様……なにか来ちゃう……」

「いいぞ、その感覚を追うんだ……」

頬に優しくキスをしながら促されて、ロレッタはノアの背中に爪を立てて、ロイの指淫へ意識を向けた。

するとロイは秘所から顔を離しつつも、指を抜き挿しすることに専念し始めた。

「どんどん柔らかくなって、僕の指を締めつけてくるようになってきた」

「いやっ……あん、変なことを言わないで……」

「本当のことを言ってるだけじゃないか。フフ、ほら……僕の指を離そうともしない」

「あぁん……！」

ロイの言うとおり、ゆっくりと引き抜かれていく指に媚壁が絡みつくのがわかって、ロレッタは烈しい羞恥を感じ、ノアの逞しい胸に顔を埋めた。

「どうしようもなく気持ちいいんだな、淫らなロレッタ……早くおまえの中へ入りたい」

そんなロレッタの背中を宥めるように撫でながらも、ノアもまた囁きながら秘所へと手を這わせ、陰唇や秘玉を悪戯に撫でてからロイの指の間を縫うようにして、蜜口の中へ指を埋めてきた。

「あぁ……あ、あぁっ……ぃや、きつい……きついの……」

さらに蜜口を拡げられて、あまりのきつさに首を横に振ったが、二人は息の合った絶妙なリズムで、媚壁の中で三本の指を絡めたり折り曲げたりして穿ってくる。

「この程度で音を上げていたら、俺達を受け容れることはできないぞ」

「ねぇ、どれが僕の指かノアの指かわかる？」

「いやぁん……！」

くちゃくちゃと音がたつほど抜き挿しを繰り返しながら、ノアとロイが愉しげに話すのを聞いて、ロレッタは身体をぶるりと震わせた。

今の状態でも充分なのに、二人の灼熱を受け容れたらどうなってしまうのか、想像するだけでも身体が竦んでしまう。

しかし自ら進んで差し出した身体を、二人が途中で放り出すとは思えない。

それに思わず竦んだ拍子に狭くなった媚壁を擦り上げられているうちに、とてもきつく感じていた二人の指を、蜜口はあっさりと迎え入れるようになってきて――。

「あ、んんっ……ぁ……あん……あっ、あっ、あっ、あぁ……！」

ノアが親指で秘玉を押し潰しながら、ちゃぷちゃぷちゃぷ、と音がたつほど烈しく抜き挿しをするうちに、身体がどんどん熱を帯びてきた。

思わず根元まで埋まっているロイの指と一緒に締めつけると、得も言われぬほど気持ちよくて、腰から下が甘く溶けてしまいそうになった。

そして同時に四肢が強ばってつま先がくうぅっと丸まり、ノアの背中に縋りつきながら身体を仰け反らせた。

「あぁん……ぃく……達っちゃう……もう達っちゃうの……！」

「いいよ、僕達の可愛いロレッタ……」

「思い切り淫らに達ってみせろ……」

二人に剝き出しになった秘玉を交互にころころと転がされたり押し潰すように振動を加えられたりしながら、埋めた指で最奥に向かってずんずんと突き上げられているうちに、媚壁が限界を訴えるようにひく、ひくっと蠢く。

「あぁん、だめ、だめぇ……もうそんなに突いちゃだめぇ……！」

最も敏感な秘玉を競うように弄られているうちに、腰の奥で甘くて焦げつくような感覚がじりじりと湧き上がり、快感の波が怒濤のように押し寄せてくるのを感じた。

それと同時に、無垢だった媚壁が淫らに蠢き、二人の指をもっと奥へと誘うように吸い上げた瞬間、ふいに絶頂が訪れた。

「あ、やっ……あっ……あぁぁあぁ……！」

淫らすぎる悲鳴をあげながら達した途端、快感が四肢や固く凝った乳首へとさざ波のように広がっていき、ロレッタは二人の指を思い切り締めつけながら絶頂の余韻を味わった。

その間は息すらできずにいると、ノアとロイが交互にバードキスをしてきた。

「ん……」

くすぐったさに思わず息を吹き返した途端、双つの乳房が上下するほど息が弾《はず》み、それでもまだ余韻が残る身体を持て余していたのだが――。

「あ……？」

身体の熱が冷めやらぬうちに、まだ埋めていた指をまたそろりと抜き挿しされて、ロレッタは戸惑いながら二人を見上げた。

しかし二人は愉しげに笑いながら、指淫を徐々に烈しくしていくばかりで。

「ぃ、や……いやぁ……待って、ノアお兄様、ロイお兄様……待って、待って待って！　達ったの……もう達ったの！」

慌てて二人から逃れようとしたが、力の抜けたままの括れた腰を摑まれたかと思うと、二人は指淫を続けながらノアが耳朶を、ロイが頰をベロリと舐め上げてくる。

それにも感じ入って身体をぶるりと震わせている間も、二人は指を休めることはない。

「遠慮しないでもっともっと気持ちよくなるといいよ」

「ほら、だんだん好くなってきただろう……？」

「んやぁ……ぁ……あぁっ……！」

たった今達ったばかりでもうどこを触られてもつらく感じるほどなのに、二人は容赦なく刺激してくる。

「あぁん……いや、いやぁ……お願い、お兄様……もう弄らないでぇ……！」

一度達した身体をまた追い上げられることなど体験したことのないロレッタは、触れられる度に身体をびくっ、びくっと大袈裟なほど跳ねさせた。

それでもノアとロイは遠慮もなく媚壁を穿ち、尖りきった乳首を吸ったり、秘玉を悪戯に触れてくる。

「あぁ……もういやぁ……触っちゃいや、いやぁ……」

「そのうちにまた好くなる」

「いやぁん……そんなのうそ……」

ノアに断言されたが、また好くなるとは到底思えなくて、ロレッタは首を横に振った。それでも二人は敏感になりすぎた身体が限界を訴えてぶるりと震えても、やめようともせずに熱心に穿ってくる。

「いや……っ……いやぁ……もういやぁ……」

極上の絶頂を味わった身体は触れられてもつらいばかりで、快感を通り越して逆に鈍感になっているというのに、それでも二人は隘路《あいろ》を寛《くつろ》げるように、執拗なまでに抜き挿しを繰り返す。

「あぁ……っ……ん……ぁ……ぁ……！」

首をいやいやと振りながら、ロレッタはつらすぎる二人の愛撫が早く終わることを望んでいたのだが、なにも感じずにそれでも腰だけをびくびくと反応させている時だった。

「ぁ……？」

くちゅくちゅっと音をたてて、どちらかの指先が深い場所でそよいだ時、ただただつらいだけだった刺激を甘く感じて、腰の奥が微《かす》かに疼いた。

まさかという思いで戸惑いながら見上げると、ノアとロイはしてやったりといった様子でニヤリと笑った。

「また感じるようになってきたな？」

「ぁ……」

「ノアの言ったとおりだったろ？　次はさっきよりもっと好くなるよ」

「いやぁん……！」

先ほど達かされた時よりさらに好くなるなんて、想像するだけでおののいてしまった。

しかしさらなる快感に怯えるロレッタなど構わず、ノアもロイもほんのりと染まった身体に口唇を滑らせながら、濡れて光る秘所をさらに刺激してくる。

「ぁ……あっ……あぁ、あ……！」

ひくひくと淫らな開閉を繰り返す蜜口の弾力を愉しむように、ノアに揃えた指で抜いたり挿したりを繰り返されロレッタが背を仰け反らせると、ロイも負けじと昂奮に尖る秘玉をじっくりと撫でては、指先で細かな振動を送り込んでくる。

「いやぁん……！　あぁ、もういじめないでぇ……」

「いじめてなどいない」

「可愛がってるだけじゃないか。それにロレッタもどんどん好くなってきただろ？」

確かにロイに言われたとおり、先ほど達った時よりも深い快感を得ている。

淫らな身体だと自負はしていたが、まだこんなにも貪欲に快楽を味わえるなんて。

そんな自分の罪深さに打ちひしがれそうになったが、二人の手にかかってはそんな暇はなかった。

ふたつの口唇と四本の手が休むことなく動き、身体をくまなく愛撫してくるのだ。

触れられる度に反応を返してしまい、いつしかロレッタはノアとロイがくれる快感しか考えられなくなった。

「好いか?」

「あんん……ぃい……好いです……」

「どれが一番好いの?」

「ん……ぁ……お兄様方のお指が……ロレッタの中を……あっ、あっ……あ、それ……それが好いの……」

まるで熱に浮かされたように口走った途端、ノアとロイの指が媚壁を擦り上げるように抜き挿しをしてきた。

それがどうしようもなく気持ちよくて、ロレッタは二人の指の動きに合わせて腰を淫らに波打たせた。

「あん、あっ、あっ、あぁん、あっ……あ……もちいい……気持ちいい……」

最奥を目指してつつかれるのが堪らなく好くて、感じたままを素直に口にすると、さらに速く抜き挿しをされる。

粘ついた音がたつほど速く掻き混ぜられると腰が蕩けそうなほどで、媚壁が二人の指をせつなく締めつけては、もっと奥まで誘おうとする。

その自らの動きでさらに気持ちよくなってしまい、ロレッタは奔放に喘ぎながら腰をびくびくっと震わせた。

「吸いついて離れないとは……俺達の指をよっぽど気に入ったようだな」

「上手だよ、ロレッタ……あ、中がすごくびくびくしてきたね。また達きそう？」

「あン！　そんなにしたら……！」

ノアが指を根元まで埋めたままでいるところを、ロイが烈しく掻き混ぜてくる。

そのどちらの刺激にも感じ入って、ロレッタはシーツに縋った。

そしてロイが貫くタイミングで腰を淫らに突き上げた時、ノアが指先で媚壁を押した。

その瞬間に先ほどよりも深い絶頂が襲ってきて——。

「いやぁん……！　あ、あぁ……あ、いやぁあぁあん……！」

ノアに媚壁の感じる一点を指先で押されながらロイに擦り上げられる度に、ロレッタは猥《みだ》りがましい悲鳴をあげながら、二人の指をきゅうぅっと締めつけた。

それでも媚壁の収縮に合わせて奥を穿たれ、深い絶頂を何度も味わっていたが、ロイの指が奥へ入り込んできた時、思い切り吸い上げたまま息を凝らし、今まで味わったことのない快楽に浸った。

その間はなにも考えられなくなり息もできずに仰け反っていたが、二人の指が抜け出ていき、突き上がっていた腰が崩れた途端に息を吹き返し、速い呼吸を繰り返した。

「すごく綺麗だったよ、ロレッタ……」

「誰よりも愛している……」

「んっ……」

まだどこか夢見るようにぼんやりしながらも息を弾ませているロレッタの頬や口唇に、ノアとロイが何度もキスをしてくる。

その優しいキスにも感じたが、立て続けに達かされた身体はくたくたで、もう反応すらできずに受け容れていると、起き上がったロイがロレッタの身体を起こして背後から抱きしめてきた。

それでもされるがままでロイの胸に背中を預け、まだぼんやりしたままでいたのだが、ノアに向かって脚を大きく開かれたところで、ロレッタはハッと我に返った。

「ノアお兄様……」

震える声で名を呼んだが、ノアはニヤリと笑って膝を抱えてくる。

「ロレッタの初めての男はこの俺だ。異存はないな」

「待って、ノアお兄様……恐いわ……」

思わず見てしまったノアの反り返る灼熱《しゃくねつ》の楔《くさび》におののいて、ロイの胸に張りついた。

さんざん指でほぐされたとはいえ、身体に見合った逞しいノアの熱はとても太くて長く、とてもではないが受け容れることなどできないと思った。

「大丈夫だよ、ロレッタ。ノアがうんと優しくしてくれるからリラックスして」

リラックスしろと言われても、やはり初めて男性を受け容れる恐ろしさが消えることはなく、緊張に身体から力を抜けずにいたのだが——。

「ロレッタ……」

「ぁ、ん……」

ノアの深蒼色の瞳が迫ってきたと思った時には、口唇をしっとりと塞がれていた。

思わず目を閉じると思いのほか優しく口唇を吸われて、ついうっとりとしている間に舌を絡められた。

舌をそっと吸われておずおずと応えると、息すら奪うほど烈しく搦め捕られて思い切り吸われる。

「んっ……ぁ……」

ノアの性格をそのまま表すような強引なキスに翻弄されて、つい夢中になっているうちに、濡れた秘所に火傷しそうなほど熱いノアの情熱が触れてくる。

身体が緊張に強ばりそうになったが、ざらりとした舌に舐められると身体に力を入れようにも腰が砕けたようになってしまった。

その間にノアは灼熱の先端で蜜口をじっくりと撫でてきて、ロレッタがその感触に慣れてくると、ゆっくりと押し込んできた。

「ぁっ……あ……んや……ノアお兄様ぁ……」

キスを振りほどいて怯えた声をあげたが、ロイに身体を撫でられて乳首を愛撫された。

「あん……だめ、ロイお兄様……あ、あっ……ノアお兄様もだめぇ……！」

ロイの悪戯な指に気を取られているうちに、ロレッタの呼吸に合わせてノアがどんどん奥へと入り込んでくる。

鋭い痛みはなかったものの、熱い塊に押し開かれる感覚をとても苦しく感じた。

ノアがゆっくりと押し入ってくる感覚に耐えていたのだが、胸にせつなさが迫り上がるような感じがして、四肢が痺れる。

特に浮いたつま先が甘く痺れる感じがくすぐったくて堪らなかったが、ノアの動きがふと止まってホッとした。

しかし安心した途端にノアの脈動が伝わってきて、ロレッタもそれに呼応するようにドキドキしていると、息を凝らしたノアに軽く揺さぶられた。

「いやぁん……そんなに奥までつついちゃいやぁ……！」

甘く疼く感覚に思わず音を上げると、ノアが珍しくふと笑った。

思わず見上げると、ノアは膝を折り曲げるようにしてさらに腰を進めてきた。

「まだ奥じゃない。半分だ……」

「やぁん……あ、うそ……そんなに奥までなんて……！」

熱い楔が隘路を押し拡げるようにして一気に入ってくる。

その衝撃をノアの肩に爪を立てることで堪えていると、ようやく最奥まで辿り着いたのがわかった。

「ぁ……っ……あ……ノアお兄様ぁ……」

「ロレッタ……ッ……」

自分でも知らなかった身体のこんなに奥深くで、ノアが息づいている。

しかも自分の中で感じ入り、びくびくっと反応するのが身体を通して伝わってきて——。

「ノアお兄様……」

そう思うだけでなんだか胸がドキドキしてきて、腰の奥が甘く疼いてきた。

思わず抱きつくとノアもロレッタの腰を抱き、ゆらりと揺さぶってくる。

「あっ……あぁ、あっ、あっ、あっ、あ……！」

灼熱の楔が媚壁に擦れる度に、つい上擦った声があがってしまう。

しかも擦られるうちに気持ちよくなってくると、声が次第に媚びるような甘さを含み始めたのが自分でもわかった。

それが恥ずかしいのにノアがゆったりとしたリズムで穿ち始めると、堪えることなどできなかった。

「あん、あっ……あ、あっ、あぁ、あっ……」

「ずいぶん気持ちよさそうだね……ノアはそんなに好い？　ちょっとだけ妬けるかも」

「あっ……いやぁん……！」

ロレッタが心地好く感じていることは中にいるノアだけでなく、背後から抱きしめているロイにもしっかり伝わっているようで、乳房を鷲摑みにされたかと思うと乳首をきゅうぅっと摘まれた。

それにも感じて身体を強ばらせた途端、中にいるノアを思い切り締めつけてしまった。

するとノアは息を凝らしながらも、ロレッタを軽く睨んできた。

「セーブしていたというのに……本気にさせたな？」

「え……？」

「もう止まらないから、覚悟しておけ」

腰を抱き直されて脚を肩に担がれたかと思うと、ノアがさらに密着してきた。

そしてニヤリと笑った次の瞬間、反り返った楔が抜け出るギリギリまで引き抜かれたかと思うと、最奥まで一気に押し入られた。

「あぁっ……！」

あまりの衝撃に身体を仰け反らせたが、ノアは構わずに烈しい抜き挿しを繰り返す。

張り出した先端が隘路を押し開いていき、最奥をつついては媚壁を捏ねるように擦りながら抜け出ていく。

「いや、いやぁ……ノアお兄様ぁ、あぁ……そんなにしないでぇ……！」

最初はその烈しさについて行くのがやっとだったが、ずちゅくちゅと粘ついた音と共に肌の打つ音が響くほど執拗に出入りを繰り返されるうちに、それがだんだん好くなってきて、突き上げられる度に淫らな声があがってしまうようになった。

「あン……！　あっ……あぁっ！　ノ、ノアお兄様ぁ……」

「フッ、すっかり蕩け切った顔をして……そのまま俺を凝視めていろ……」

「あぁっ……あん、あっ……あぁっ！　そんなに烈しくしたら私またっ……！」

乳房が上下に躍るほどの勢いで挑まれても気持ちいいばかりで、ロレッタは言われたとおりに情欲に潤んだ瞳をノアに向けた。

ノアもまたロレッタだけを深蒼色の瞳に映し、息を弾ませながら腰を使ってくる。

「あぁん……あっ、あぁ、あ、あん……んんっ……ん……！」

反り返る楔に擦り上げられるうちに、媚壁がひくひくと収縮してはノアをせつなく締めつけてしまうようになった。

「ロレッタ……ッ……」

それが好いようでノアは息を凝らしつつ胴震いをしては、ロレッタをがくがくと揺さぶりながら抜き挿しをしてから、最奥まで一気に押し進んできた。

「あぁっ……あっ……っ……！」

媚壁を擦り上げながら最奥をじっくりとつつかれた瞬間、快美な刺激が全身を走り抜け、思わずノアを締めつけながら抱きついた。

するとノアもロレッタをギュッと抱きしめながら、腰を打ち付けるように密着してきた。

「あン……！　あっ……や、あ……あぁぁあぁん……！」

びくびくっと脈動したかと思った次の瞬間、ノアが最奥に熱い飛沫《ひまつ》を浴びせてきて、その刺激でロレッタもびくん、びくん、と身体を跳ねさせながら達してしまった。

「あ……ん……っ……」

達しても硬度を保つノアを媚壁が搾り取るように蠢きながら、もっと奥へと誘うような仕草をしてしまう。

それに応えるようにノアが腰を打ち付けては最奥に何度か白濁《はくだく》を放つと、なんだか満たされた気分がして、ロレッタは息を弾ませながらノアの首筋に顔を埋めていたのだが――。

「もう待ちきれない。次は僕の番だよ」

「あっ……!?」

ノアと隙間なく抱きしめ合い、同じ鼓動を刻む心地好さにもっと浸っていたかったのだが、背後からロイに引っ張られてしまった。

「ノアとばっかり仲良くしてないで、僕とも愛し合おう」

「そんな……待ってください。もうくたくたです……」

二度も立て続けに達かされて、そのうえ初めて男性を受け容れた身体は、もう力が入らないくらい疲れ切っていて、とてもではないがロイの相手はできそうもない。

どうにか思い止まってくれないかと恐る恐る見上げたが、そんなロレッタの気持ちをわかっているのかいないのか、ロイは微笑みながら口唇へチュッとキスをしたかと思うと、まだノアが入り込んだままだったロレッタを抱き上げた。

「あぁっ……！」

ノアが抜け出ていく感触にぞくん、と感じて身を強ばらせている間に身体が浮き上がる感覚がして、気がつけばロイに押し倒されて真上から見下ろされていた。

「ぁ……」

「だめだよ、ロレッタ。僕とも仲良くしてくれないと意地悪しちゃうよ？」

ロイの深蒼色の瞳が残忍な光をたたえて輝くのを見た瞬間、ロレッタは昔を思い出してビクッと身を竦めた。

兄であるノアが当たり前のようにロレッタを独占すると、ロイはノアには文句を言わずに、決まってロレッタで鬱憤を晴らし、泣くほど執拗に身体を弄りまわしてきた。

無垢だったロレッタに自ら快感を得る悪癖を教え込んだのも、実はロイの仕業だ。

それを思うとここでロイを拒絶しようものなら、なにをされるかわかったものではなく、怯えたロレッタが諦めたように身体の力を抜くと、ロイはそれまでの雰囲気を一掃して、にっこりと微笑んだ。

「わかってくれたならいいんだ。大好きだよ、ロレッタ」

「ロイお兄様……」

身体を包み込むように抱き込まれて、戸惑いながらも広い背中に手をまわすと、ロイは顔中にキスの雨を降らせてくる。

「んっ……」

優しく触れてくる口唇がくすぐったくて思わず肩を竦め、それでもロイにされるがままでいたロレッタは、息すら奪うほどのフレンチキスを仕掛けられて背を仰け反らせた。

「んふ……ん、ん……っ！」

口唇を舐められ、思わず開きかけたところに舌先が潜り込んできて、ロレッタのそれを搦め捕る。

しかしロイのキスはノアの強引でなにもかも忘れてしまうキスとは違い、こちらが焦れったくなるほど優しくて、ついうっとりと受け容れてしまうほどで巧みだった。

思わず夢中になってロイの舌を追っていたのだが、最後に舌先をチュッと吸って、ロイはあっさりと離れていった。

「ぁ……」

つい物足りなさそうな声をあげたが、ロイは悪戯っぽく笑っただけだった。

そしてロレッタがキスの余韻にうっとりしている隙に、膝がシーツにつくほど大きく開かれてしまう。

「いやっ……！　ロイお兄様、やめてぇ……」

「だめ、やめてあげない」

「あぁ……」

あられもないポーズを取らされて、ロレッタは羞恥に目をギュッと閉じた。

その間にも脚をさらに広げられ、それでも堪えていたが、ひくりと反応した瞬間にノアの名残がこぽりと溢れてしまって――。

「すごくいっぱい注がれたんだね……わかる？　シーツまでたれて大洪水になってる」

「あっ……あぁん、だめ、だめぇ……掻き混ぜないで……」

くちゃくちゃという淫らな音をわざとたてて掻き混ぜられたかと思うと、ノアの名残をすべて取り除こうとするように蜜口の中へ指を挿し込まれた。

そして折り曲げた指で残滓をすべて掻き出すように何度も抜き挿しされているうちに、慎ましやかに閉じていた筈の蜜口は、またすっかり柔らかく蕩けてしまった。

しかも媚壁を執拗なほど擦られたせいで、すぐにでも達ってしまいそうなほど敏感になっていて、新たな愛蜜が溢れてきた。

「おかしいな。ぜんぶ掻き出したのに、またいやらしい音がするのはどうして？」

「あん、んっ……それは……」

「それは？」

楽しげに顔を覗き込まれて、ロレッタはこれ以上ないというほど真っ赤になってロイから目を逸らした。

しかしロイはロレッタの口から、淫らな言葉をどうしても言わせたいらしい。

「だめだよ、ロレッタ。きちんと言わないと」

「いやぁん……」

「言うまでロレッタは何回達くかなぁ」

「あぁっ……！」

揃えた指を根元まで一気に埋められたかと思うと、ちゃぷちゃぷちゃぷと烈しい水音がたつほど速く抜き挿しを繰り返されてしまい、ロイが本気なことを知った。

ふと横を見れば、ノアはベッドへ横になり、愉しげに傍観を決め込んでいる。

「なにノアに気を取られてるんだよ。早く言わないと知らないよ？」

「あぁん……やめて、ロイお兄様ぁ……」

ノアを見たことが気に入らないとばかりにさらに掻き混ぜられてしまい、ロレッタは覚悟を決めながらも、羞恥に顔を覆い隠した。

「ロ、ロイお兄様のお指が……ちいいの……」

「聞こえないよ」

震える声で言ったが、冷たく返されて媚壁を指先で捏ねるように擦り上げられた。

「いやぁん……！　ロイお兄様のお指でくちゅくちゅされるのが気持ちいいから……」

これ以上弄られたらまた指だけで達ってしまいそうで、慌てて淫らな言葉を口にした。

するとロイは満足げにクスクス笑ったかと思うと、中で指を折り曲げて、ロレッタが感じてしまう箇所を擦り上げてきた。

「やぁっ……あ、あぁ……言ったの、言ったのに……！」

「けど、僕の指が気持ちいいんだろ？」

「いや、いやぁ……もうお指で達くのいやぁ……！」

これ以上、指で達かされたら自分がどうなるかわからなくて、涙で潤んだ瞳で見上げると、ロイは本当に楽しそうに笑いながら、溢れる涙を舐め取ってから指を引き抜いた。

「普段も可愛いけど、泣いちゃうロレッタが一番可愛い……」

「んっ……っく、ロイお兄様の意地悪……」

しゃくり上げながら詰ったが、弱々しい泣き声で言ってもロイを喜ばせるだけだった。

目尻にまたキスをしてきたかと思うと、ロイはエメラルドグリーンの瞳に自分だけが映っていることに満足したように微笑む。

「ロレッタが可愛すぎるのがいけないんだよ。おかげで僕も……ね？」

「ぁ……」

勝手なことを言うロイに腰を押しつけられた瞬間、思わず小さな声をあげてしまった。

先端が触れただけでも脈動が伝わってくるほど、ロイの楔は熱を帯びている。

それを感じただけでも胸がドキドキしていたのに、そのうえロイは美しい顔を寄せてきたかと思うと、おでことおでこをくっつけてきた。

「早くロレッタの中へ入りたい。ねぇ、僕を挿れてもいい？」

さんざん意地悪ばかりしてきたのに、甘えるように訊いてくるロイを上目遣いで睨んだが、追い上げられた身体が求めるまま、ロレッタはギュッと抱きついた。

「……は、はぃ……ロイお兄様……」

まだ少し拗ねた口調ながらもロレッタから求めると、ロイは嬉しそうにチュッとキスをしてから括れた腰を抱いてきた。

「いくよ……」

先端をひたりと押し当てられて、息を逃しながらその時を待っていると、息を凝らしたロイがゆっくりと押し入ってきた。

「ぁ、ん……っ……」

ノアに散らされたばかりではあったが、それでもまだ微かに沁みるような痛みを感じ、身体に力が入ってしまう。

しかしロイは急くことはなく、ロレッタの呼吸に合わせてゆっくりと隘路を押し開きながら突き進んできて、時間をかけて最奥へ辿り着くと、ホッと息をついた。

「わかる？　僕がロレッタの中にいるのが」

「はぃ……」

ロイが脈動するのにつられてロレッタもドキドキしてきて、頬を染めながらも頷くと、反り返った熱い楔がびくびくっと反応した。

「あぁん……！　まだ動いちゃいや……」

「動いてないよ。けど、ロレッタが可愛いからもう限界」

「あっ……あぁ……あ、んん……ぁ……ロイお兄様ぁ……」

僅かに抜き挿しをする仕草をされると、媚壁が捏ねられるようで、四肢からあっという間に力が抜けてしまった。

それでも背中に必死で爪を立ててしがみついていると、息を凝らしたロイは堪らずといった様子で腰を使い始めた。

「あン……！　あっ、あ……あぁん……あ、あぁ……！」

最奥をつつかれる度にせつないのに甘い感覚が湧き上がってきて、胸がいっぱいになる。その甘苦しい感覚を追っていくうちに、ロレッタも自然とロイの動きに合わせて腰を拙いながらも使って喘いでいると、真上から見下ろしているロイがクスクス笑った。

「もう腰を使えるなんて、やっぱりロレッタは淫らなことが大好きなんだね」

「いやぁん……ち、違います……」

決めつけるように言いながらずくずくと突かれて、ロレッタはぶるりと震えながら首を横に振った。

しかし言葉でいじめられると媚壁がきゅうぅっと締まってしまい、ロイに笑われた。

「口より身体のほうが正直だね。僕らと会えない間、自慰だけで満足してたとは思えないくらい上手だよ……」

「やぁ……あ、あっ、あっ、あぁん……ん、んんっ……変なこと言わないで……」

恥ずかしくなることを言われた途端に媚壁がまたさざめいて、ロイをもっと奥まで誘うように吸いついてしまった。

それには言葉で追い詰めていたロイもひとたまりもなかったようで、息を凝らした。

そして腰を摑み直したかと思うと堪らずといった様子で、がくがくと揺さぶってくる。

「ロレッタ……ッ……」

「あぁん……いやぁん！　あっ、あ、あん、んっ……ぃ、好い……」

腰を深くグラインドさせながら穿たれるのが堪らなく好くなってきて、もうロイに縋っていることすらできなくなったロレッタは、シーツに手を彷徨わせた。

そして夢中になって手に触れた枕に縋り、烈しくなる一方のロイの律動に、甘く蕩けた声をあげては、だんだんと迫り来る絶頂の予感に身体を徐々に強ばらせた。

「ロレッタ……ロレッタ、気持ちぃい……？」

「あ、あん……気持ちい……あん、あ、あぁ……好い、好いの……」

「ノアにロレッタの一番気持ちよくて恥ずかしい場所をもっとよく見せてあげよう……」

「え、あっ……!?　いやぁあん……！」

いやだと言ったのに遅かった。気がついた時にはロイの楔が出入りしている様子がよく見えるよう片脚を折り曲げられていて――。

「ようやく仲間に入れてもらえるのか？」

「あン……！　いや、ノアお兄様……弄ったらだめなの……」

ニヤリと笑ったノアにふるふると揺れる乳房を揉みしだかれて、乳首をきゅううぅっと摘ままれてしまい、あまりの気持ちよさに身体が仰け反った。

しかもノアは乳房を弄るだけではなく、ロイと繋がっている箇所をなぞってきて――。

「美味そうに頬張っているな」

「ほら、僕を美味しそうにしゃぶってるいやらしい姿を見てくださいってお願いしないと」

「いやぁん……だめ、だめぇ……ノアお兄様ぁ……お願い、弄らないでぇ……」

ノアに熱い楔が出入りしている箇所を弄られていると思うだけで、身体が燃えるように熱くなり、あっという間に上り詰めそうになった。

「相変わらず恥ずかしいのが好きなようだな」

「本当に……危うく持って行かれるところだったよ……」

なんとか持ちこたえたが、同じように堪えていたらしいロイにずくずくと穿たれながら、ひくひくと収縮を始めた蜜口をノアに刺激されると、もうどうにかなりそうなほど感じてしまい、ロレッタは髪を振り乱した。

「あんん……ん、んや……や、ぁ……あぁっ、あっ、あ……！」

「ロレッタ……ッ……」

ロイが言葉もなく腰を速く使い始めると、ノアは乳首をちゅるっと口の中へ吸い込み、秘玉をころころと転がしてくる。

そのどちらの刺激にも感じてしまい、熱い楔を思い切り締めつけた瞬間、気が遠くなるほどの絶頂を迎えた。

「あぁん……あ……あっ……っっ……！」

「クッ……ッ……！」

それとほぼ同時にロイも中で弾けるように遂げて、熱い飛沫を何度も打ち付けるように浴びせてきた。

「ぁ……あ、ん……」

それを諾々と受け容れているうちに、目が眩むほどの白い光に包まれるような感覚がして、全身から力が抜けてしまい、仰け反っていた身体がベッドへがくりと沈んだ。

その拍子に中にいたロイが抜け出たところまでで、意識が薄れていくのを感じて——。

「ロレッタ……？」

ノアが声をかけてきたような気もしたが、それに応えることができたのか自分でも定かではなく、ロレッタは眠りに就くように目を閉じた。

「気を失ったようだな」

「フフ、なにも知らないで気持ちよさそうな顔をして」

「自ら望んで俺達を受け容れたのだから、もう離さない」

「それはもちろん。僕らがどれだけ愛しているか、この身体にしっかり刻んでいかないと」

ノアとロイが話している気配はわかったが、内容まではわからなかった。

そして次に感じたのは、脚の付け根の際どい部分への微かな痛みと、じわりとした熱。

それに身体は僅かに反応したが、覚醒するまでには至らなかった。

しかし脚の付け根が疼くどこか懐かしい感覚が不快で、ロレッタは僅かに苦悶するような表情を浮かべつつ、まるで底のない闇の中へ堕ちていくように意識を失っていった。

†第三章　蕩《とろ》ける果実†

ノアとロイが経営している紅茶メーカー『ロティローズ』は、ロンドンでも屈指の高級店が建ち並ぶショッピング街、リージェントストリートに店舗を構えている。

インド、セイロン、中国各地の茶園から厳選された最高級の茶葉のみを輸入しており、また様々なフレーバーのブレンドティーも好評だった。

薔薇をイメージした洗練されたパッケージも貴婦人を中心に人気があり、数ある紅茶メーカーの中でも確固たるブランドとして、その名を轟かせている。

会社設立当初はノアとロイが直接、世界各国の茶園まで買い付けに出向いていたそうだが、会社が軌道に乗ってからは買い付け専門の社員に任せ、ブレンドティーも信頼のおけるブレンダーが管理しているとのことだった。

そして現在ノアとロイは店舗兼事務所になっている会社や、茶葉を保管している倉庫へ出向いて仕事をしており、その日によって出先も違うようで、ノアとロイが別々に行動することもある。

それにノアに限っては伯爵として領地の管理や貴族間でのやり取りの為、屋敷の書斎にいることも多かった。

どちらにせよ二人は多忙を極め、ロレッタは二人が働いている間、薔薇を摘んだりお茶を楽しんだりと、令嬢だった頃のように優雅に過ごさせてもらう毎日だった。

とはいっても夜ともなれば、五日と開かず二人に愛される行為が待ち受けているので、優雅なだけではなかったが。

それに荒淫がたたって午後から起き出してくることもよくあり、以前より少々堕落した生活にはなっている。

それでもノアとロイと暮らし始めてそろそろひと月が経ち、そんな暮らしにもようやく慣れてきたところだ。

今もティールームで『ロティローズ』のブレンドティーの中で最も人気があり、『ロティローズ』の名が付いた薔薇の紅茶を楽しんでいるのだが——。

（こんなに穏やかになれる日が来るとは思わなかったわ……）

最初は警戒していたものの、ノアとロイは昔のようにロレッタを苛むこともなく、優しく接してくれている。

もちろん夜の行為ともなれば意地悪なこともされるが、それ以外はロレッタにこうして自由を与えてくれて、心穏やかな日々を過ごさせてくれて。

両親が亡くなってからのことを思えば、今の暮らしは最上だ。

一歩間違えば高級娼館で、身を切り売りして働いていたかもしれなかったのに、救い出してくれたノアとロイには感謝の念しかない。

（……そういえばオードリーはどうしているかしら？）

この屋敷に慣れることばかりに気を取られていたが、『花の庭』を紹介してくれたオードリーに、無事でいると報せていないことを思い出した。

もしかしたらノアとロイに助け出されて、バークリー伯爵家で無事に暮らしていることを風の噂で聞いているかもしれないが、ロレッタの口から直接聞くまではオードリーも気が気ではないだろうし、きっと心配しているに違いない。

（大親友が聞いて呆れるわ。オードリーに無事なことを報せないと）

いろいろありすぎたとはいえ、あんなに親身になってくれたオードリーのことをすっかり忘れ果てていた自分の薄情さに、いてもたってもいられなくなった。

ノアとロイは、オードリーが昔からロレッタを妬んでいて、『花の庭』が高級娼館だと知っていながら斡旋したと言っていたが、いくら自分を想っている二人の話でも、まだ信じることができない。

社交界デビューが同じ時期とあって、その頃からの大親友なのだ。

ノアとロイのことは言えずにいたが、それ以外はなんでも知っているほど仲良くしていたのに、あのおしとやかなオードリーに限って自分を陥れるような真似をするとは思えない。

それになによりロレッタ自身、オードリーを信じていたかった。

もしもノアとロイの言うとおりだとしたら、きっと立ち直れないと思うから。

とはいえ、オードリーを良く思っていないらしい二人に頼んでも、きっと会うことは禁じられるに違いない。

ならばどうすればいいのか――。

「そうだわ、手紙で報せるだけなら……」

会うことは禁じられても、手紙で報せるくらいは許してくれるだろう。

そうとなったらすぐにでも無事なことを手紙に書きたくなり、ロレッタはティールームを出て、ノアの書斎へと向かった。

幸いにして今日は大量に届いている招待状の返事を書く為に、ノアは会社へは出社せずに書斎にいるのだ。

オードリーへ手紙を書く許可を取るのにも都合がいいし、なにより便箋と封筒は与えられていなかったので、ノアに頼まなければ手紙を書くことすらできない。

それにロバートもノアの許可がなければ、郵便に出してくれないだろう。

だからどうしてもノアからいい返事が欲しくて、少しドキドキしながら書斎の扉をノックすると入室を許された。

「ノアお兄様、お忙しいところ失礼いたします」

「なんだ、ロレッタか。どうした？」

ロレッタが顔を出すと、執務机で書き物をしていたノアは、羽根ペンをペン立てに戻し、革張りの椅子に背中を預けつつ迎えてくれた。

「一人でいるのに飽きたのか？」

「いいえ、そうではなく、ノアお兄様にお願いがあって」

今までなにも望みもしなかったロレッタが、折り入って申し出たことに興味を持ったようで、ノアは寛大な笑みを浮かべた。

「ロレッタたっての願いとは珍しい。どうした、ドレスか宝石でも欲しくなったのか？」

「いいえ、そんな。クローゼットにあるだけで充分です」

今にもロバートを呼んで、宝石商や仕立屋でも呼び寄せそうなノアに、ロレッタは慌てて首を振った。

クローゼットには、ただでさえ毎日違うドレスを着ても着まわせないほどのドレスが用意されているし、夕食の際に着ける程度しか用途がないのに、ロレッタの為の高価な宝石もたくさんあるのだ。

「これ以上なにもいりません」

「ならばなにが望みなんだ？」

それ以外の望みなどまったくわからないといった様子のノアを凝視め、ロレッタはいよいよ本題を切り出す覚悟を決めた。

「あの……ずっと連絡をしていませんでしたが、オードリーに無事でいることを手紙に書いて報せたいんです」

「オードリーに？」

「はい、今はお兄様方の許で幸せに暮らしていることを伝えたら、オードリーもきっと安心すると思うので」

名を口にしただけで渋い顔をされてしまい、必死になって言い募ると、ノアは小馬鹿にしたように鼻で笑った。

「それは逆効果だと思うぞ？」

「逆効果……？」

「以前も言ったと思うが、あのお嬢様はロレッタが底辺まで堕ちることを望んでいたんだ。今頃はロレッタが『花の庭』で慰み者になっている噂が届くのを待っている筈だ」

なのに二人の許で幸せに暮らしているなどと伝えたら、なにかしらのいやがらせをしてくるに違いないと、ノアは言ってくる。

「いいえ、オードリーに限ってそんなことはありません。大切な大親友なんです。私の幸せを誰よりも願ってくれているんです」

「それは……ロレッタの幸せを誰よりも願っているのは俺達だ」

「それは……充分わかっています。ですがオードリーもお兄様方と同じくらい私のことを思ってくれて……」

 言い切る前に執務机をバンッと叩かれて、ロレッタはビクッとして口を噤んだ。

恐る恐る見上げると、ノアの深蒼色の瞳は冷たく光り、静かな怒りをたたえながらロレッタを見据えていた。

「……っ……」

ついムキになって言い募っているうちに、なにかノアの怒りに触れたことに気づき、ロレッタは身を竦めることしかできなかった。

そしてノアがなにを切り出してくるか、ただ立ち尽くして待っていると、ノアは少し疲れたように長い息をついた。

「あのお嬢様と同等に思われているとは、な。心外にもほどがあるが、どうやら愛し方が足りないらしい」

「え……」

まるで独り言のように呟くノアに首を傾げたが、繰り返すつもりはないようだった。

その代わり残忍な笑みを浮かべて見据えられ、ロレッタはさらに身を竦めていたが——。

「いいだろう、どのみちあのお嬢様のことだ。ロレッタが報告しなくとも、いずれアクションを起こすだろうからな。いい頃合いかもしれない」

「あの、それはどういう意味なのでしょうか……？」

「手紙を書くのを許可するということだ。俺達の許で幸せに暮らしているのを思い切りアピールするといい」

尊大な態度で笑うノアを見て、ロレッタはホッとしながらも微笑んだ。

ノアが怒りを露《あら》わにした時には、もうオードリーへ手紙を書くことは諦めかけていたが、意外にあっさりと許可されたうえに、幸せな状況をしっかりと書くように促されて、とても嬉しくなった。

「ありがとうございます、ノアお兄様」

「感謝は言葉ではなく、態度で表してもらおうか」

愉しげに目を細められて、ロレッタは躊躇いつつ椅子に座るノアの許へと歩み寄った。

そしてノアの脚へちょこん、と座って首に抱きつき、頬にチュッとキスをしようと思ったその瞬間。

「ぁ……ん……!?」

急にこちらへ向いたノアに口唇を奪われたかと思うと、いきなり深いフレンチキスを仕掛けられ、舌を強引に搦め捕られた。

そして思い切り吸われてつい縋りつくと、口腔の感じる箇所を舌先で舐められてしまい、ロレッタは抵抗もできずにぴくん、ぴくん、と反応した。

「んふ……ん……んぅ……！」

それでもノアはまだキスを続けながら、ロレッタの背中を撫でていたかと思うと、ドレスのボタンを驚くほどの手際の良さであっという間に外した。

そしてロレッタが戸惑っている間にも緩んだドレスを引っぱり、弾むようにまろび出たミルク色の双つの乳房を交互に愛撫し始めた。

「あ、あん……待って、ノアお兄様……昼間からお仕事をする場所で不謹慎だわ……」

キスを振りほどいて、なんとか思い止まってもらおうとしたが無駄だった。

ドレスから乳房だけ露出しているなんとも淫らな姿を見て、ノアはすっかりその気になっているらしい。

「昼間から仕事場で、というのがむしろ背徳的でそそるじゃないか。それに不謹慎だと言いながら感じているのは誰だ？」

「あぁん……んっ……ん……！」

耳朶へ息を吹き込むようにしながら、甘いテノールで囁かれただけでも感じてしまい、肩を竦めているうちに、ノアは乳房を揉みしだいては、すっかり尖りきった乳首をきゅうぅっと摘まんでくる。

「あン……だめ、だめぇ……！」

小さな乳首を軽く引っ張るようにして何度も何度も摘ままれると、その度に乳首が甘く疼いて、ロレッタは背を仰け反らせながらいやいやと首を振った。

しかし仰け反ったことで、逆にノアへ差し出すような格好になってしまった。

「あぁっ……!?」

するとノアは椅子を回転させて、仰け反るロレッタを執務机で支えたかと思うと、ペン立てから羽根ペンを抜き取った。

「な、なに……？　ノアお兄様……なにをするの？」

「まぁ、見ていろ」

ニヤリと笑うノアがなにを企んでいるのかわからなくて、ロレッタが不安な面持ちでエメラルドグリーンの瞳を揺らしていると、ノアは目の前でふるふると揺れる乳房を、羽根ペンでそっと撫でてきた。

「あぁっ……！」

芯があるのに柔らかく、とてもなめらかな羽根が凝った乳首を掠《かす》めていくだけでも充分な刺激で、ロレッタは猥りがましい悲鳴をあげてしまった。

するとノアはしてやったりといった表情で笑い、さらに熱心に羽根ペンを動かしてくる。

「いや、ん……んふ……んっ……ん……！」

触れるか触れないかという絶妙な位置で、乳房の輪郭をくすぐられたかと思うと、今度はまるで円を描くように乳首をくすぐられる。

まあるく撫でてくる羽根が徐々に乳首の中心へと向かってきては、羽根の先端が尖りきった乳首をつついてくる。

「あんん……ぁ……あ……！」

つつかれる度に乳首が甘く疼き、堪らない快感があとからあとから溢れてくる。

ただでさえ敏感なのに、指では味わえない快美な刺激に、ロレッタは首をふるりと振ってその感覚をやり過ごそうとした。

しかしノアは愉しげに羽根ペンを操り、甘い声を引き出そうとするのだ。

「んふ……ぁ、あぁ……あっ……！」

「ずいぶんと気持ちよさそうだな……そんなに好いのか？」

「いやぁん……ノアお兄様、やめて、やめ……あ、あぁっ……！」

もう軽く触れられるだけでも達してしまいそうなほど敏感になっているのに、羽根の先端で乳首をなぞるようにくすぐられるとジッとしていられないほどで、身体がびくびくっと反応してしまう。

それに合わせて乳房もふるりと揺れるとさらに執拗にくすぐられて、もうどうにかなってしまいそうだった。

「あぁん……もういやぁ……だめ、だめぇ……もう意地悪しないで……」

「意地悪などしていない。気持ちよくしているだけだ……いいから感じていろ」

「いやぁん……！」

このままでは本当に胸だけで達かされてしまいそうで、ロレッタは両手で乳房を覆い隠し、身体を捩ってノアの魔手から逃れようとした。

しかしそれを察したノアに阻まれ、気がついた時には執務机に座らされ、椅子に座るノアと向き合い、見下ろす形になっていた。

「ぁ……」

「なかなかいい眺めだ」

喉の奥でクッと笑われて、ロレッタは羞恥に頬を染め上げた。

執務机に座ったせいでノアの顔の高さに、剝き出しになった乳房が位置しているのだ。

「ん……っ……」

ノアの息遣いを感じるだけで、敏感になりすぎている乳首がさらに凝っていくのを感じ、堪らずに息を凝らして震えていると、ノアはゆっくりと見せつけるように左の乳首をちゅるっと口に含んだ。

「あぁん……！」

舌先で揉みほぐすようにねっとりと舐められたかと思うと、チュッと音をたてながら離れていった。

その途端に濡れた乳首が外気に触れて、より敏感になった気がしていると、右の乳首も同じように吸われて——。

「あぁっ……あ、あっ……！」

もう触ってほしくなかった筈なのに、思わせぶりに息を吹きかけられると、舐めほぐされるのを待ち焦がれて両の乳首が甘く疼く。

「ぁ、ん……ノアお兄様ぁ……」

そのうちにじんじんと痺れるほどになり、差し出すように胸を反らせて甘えた声で名を呼んだが、ノアは愉しげに笑うばかりで。

「どうした？」

「ぃや……」

「言わないとなにをしてほしいのかわからない」

「やん……！」

もうなにを望んでいるのか気づいているくせに、ノアはとぼけた素振りで乳首を指で弾いてくる。

欲しいのは指での刺激ではなく、口唇と舌での刺激だ。

しかし意地悪なノアは、はっきり言うまでするつもりがないとばかりに指先で弄ってくるだけで、とうとう堪らなくなったロレッタはノアの口唇に乳首を押しつけた。

「お願い、ノアお兄様……ロレッタの乳首をもっと舐めて……」

「こうやって舐めてほしかったのか……?」

言いながら舌先で舐められた途端に、身体が甘く蕩けていくようだった。

「あぁん、んっ……はぃ……もっともっと舐めてぇ……」

ちゅるっと吸い込まれて口の中で舐めほぐされると、あまりにも気持ちよくてノアの顔に乳房を押しつけた。

「窒息しそうだが、悪くない……」

満足げに笑いながらも、ノアは目の前に差し出された乳首を舐めては吸い、ロレッタが感じきった声をあげると優しく噛んでくる。

「あン……! んっ……ぁ、あぁ……!」

ぴちゃぴちゃと音がたつほどじっくりと舐めほぐされているうちに、腰の奥からも甘い疼きが湧き上がってきた。

脚を摺り合わせてみれば秘所はもうすっかり潤っていて、戸惑いながらも身体をぴくん、ぴくん、と跳ねさせながら腰の動きを堪えようとしたのだが、我慢できずにぶるりと震えるとノアがふと顔を上げた。

「……どうした？」

「な、なんでもありません……」

咄嗟に平静を装ったが、乳首をチュッと音を立てて吸われた瞬間に腰が焦れるようにもぞりと動き、ノアに笑われてしまった。

「俺に隠し事は許さない。さぁ、スカートの中がどうなっているか見せてみろ」

「そんな……」

「昔はできたのに、今はできないとでも言うのか……？」

「それは……」

幼い頃は恥ずかしさもあったが恐ろしさのほうが勝って、命令されるがままスカートを自ら捲り上げていたが、今は濡れた秘所を自ら見せる行為に強い羞恥を感じる。

それにこんな目と鼻の先で淫らに脚を開くと思うだけで、身体が火照るのを感じてロレッタは瞳を潤ませながら首を横に振った。

「いや……お願い、ノアお兄様……こんなに近くでなんて恥ずかしいです……」

「俺しか見ていない。愛しているからこそ俺しか知らないロレッタを見たい」

「んっ……」

両の乳首を交互にチュッと優しく吸いながら促されたら、もうだめだった。

甘いテノールでノアなりの愛を囁いてきたのにも後押しされて、ロレッタはスカートをギュッと握りしめると、それをおずおずと持ち上げていった。

そしてスカートで真っ赤に熟れた顔を隠しながらも、ノアによく見えるよう脚を大きく開いて膝を立てた。

「ぁ……」

二人に愛されて以来、下着を着けることを禁じられているのにノアの目と鼻の先で、その一連の動作をするだけでも強い羞恥を感じ、また淫らな気分も高まったせいもあるのか。

慎ましやかに閉じていた蜜口がひくりと息づき、新たな愛蜜が溢れて執務机に糸を引いてたれていくのがわかった。

「いつ見ても美しい……可憐な顔をしておきながら、こんなに淫らな花を隠しているとは、な。俺達しか知らないと思うだけでゾクゾクする」

「いやぁん……！」

愛蜜にまみれた陰唇を花びらに喩え、指先でその造形をなぞりながら情欲に掠れた声で囁かれるだけで、ロレッタもまた燃え立つように熱くなった。

触れられることを期待している蜜口はひくひくと息づき、それを間近で凝視められているると思うだけで、一気に上り詰めてしまいそうなほど感じてしまって――。

「あ、あん……ノアお兄様ぁ……」

「そう急くな。もっと愉しませろ」

ねだるような声音で名を呼びながら腰を淫らに振りたてたが、ノアはもっとじっくり愉しみたいらしい。

蜜口から愛蜜を掬い取り、焦れったくなるほど丹念に陰唇を撫でては、昂奮に尖る秘玉をそっと撫でてくる。

「あぁ……あっ……あ……！」

円を描くようにゆっくりと転がされると、それに合わせて腰が淫らに波打ってしまう。

最も敏感な箇所だけにノアも慎重に弄ってきて、ロレッタが達きそうな予感に声を上擦らせると、途端に触れるのをやめる。

そしてロレッタの身体が落ち着きを取り戻すと、昂奮にすっかり包皮から顔を出している秘玉をころころと転がすのを繰り返す。

「いやぁん……！　もうおかしくなっちゃう……お願い、ノアお兄様ぁ……そんなふうに焦らさないでぇ……！」

もう何度行為を中断されたかわからないほどはぐらかされて、ロレッタは堪らずに身体を淫らに振りたてた。

そしてノアの指に自ら秘裂を押しつけ、腰を奔放に使い始めた。

「あぁ……ん……ぁ……あっ……もちぃぃ……」

ノアが指に力を込めたままジッとしているのをいいことに、自らの欲望のままに腰を淫らに振りたてる。

指先に秘玉を押しつけては蜜口までスライドさせて、また秘玉へ向かって腰を突き上げるのを何度も繰り返した。

そのうちにくちゃくちゃと粘ついた音がたち始め、腰の動きがスムーズになる。

「あん、んっ……好い……好いの……ノアお兄様のお指、気持ちいぃ……」

「フッ、俺の指で自慰をするとは悪い子だ」

言われたとおりノアの指を使って自慰に耽っているも同然だったが、熱く火照った身体はもう止められなかった。

その様子をノアが間近で愉しげに凝視めていると思えばさらに昂奮して、ロレッタはわざと見せつけるように腰を貪婪《どんらん》に動かした。

「あぁ……ぃく……達くぅ……ノアお兄様のお指でロレッタ達っちゃう……」

昂奮に尖る秘玉を指先に擦りつけながら腰を小刻みに上下させて、徐々に上り詰めていくのに合わせて身体を仰け反らせた。

するとそれまで愉しげに見物していたノアに、乳首をチュッと吸われて——。

「やぁっ……あ、は……ぁっ……い、いやぁぁぁあん……！」

指先で秘玉を押し潰すように擦られたかと思った瞬間に達すると、ノアは指を滑らせて蜜口の中へ一気に埋めてきた。

「あぁ……あ、ぁ……！」

ノアの指をきゅうきゅうに締めつけては、もっと奥まで誘うように媚壁を蠢かせ、満たされた気分で快感の余韻に浸る。

その間はなにも考えられず、四肢に広がっていく快感を思う存分味わっていたのだが、ノアが指を引き抜き、トラウザーズを寛げる気配を感じた。

それでもロレッタはまだぼんやりしていたが、向かい合うノアに腰を抱かれて、気がついた時には、熱く反り返る楔を跨ぐように抱き込まれていた。

「力を抜いていろ……」

「あぁん……っ……」

蜜口の中へ先端が僅かに入り込んでくるのを感じ、息を逃してその時を待っていると、ノアは媚壁を押し広げるようにして、ゆっくりと入り込んできた。

「あぁ……っ……」

「……ッ…」

ここひと月ほどの間にノアとロイをさんざん受け容れてきた隘路は、待ち焦がれていたというようにノアを迎え入れていく。

それでも押し入られると、胸の中いっぱいにせつない感情が込み上げてくるのは相変わらずだった。

しかしそれが決していやじゃない。むしろ心地好いとさえ感じる。押し入られる間に胸にわだかまっていたせつなさが、最奥まで届いたところで甘く蕩けていくようなのだ。

そしてそれが胸いっぱいに広がった時、なにか愛おしさが湧き上ってきて。

四肢まで甘く痺れるようなその感覚にうっとりとしながら縋りついていると、中の感触に馴染んできたノアがゆったりとしたテンポで穿ち始める。

「あっ……あ、あっ、あぁ、あっ……！」

ずくずくと下から突き上げられると、ノアの先端が最奥を何度もつついてきて、その度にロレッタは上擦った声をあげた。

そのうちに逞しいノアの楔が媚壁を擦る感覚がどんどん気持ちよくなってきて、ノアに合わせてロレッタも積極的に腰を使い始めた。

「……ッ……堪らないな……」

繋がった箇所からずちゃくちゃと淫らな音がたつほど烈しく身体を揺さぶられ、ロレッタが堪らずに身体を絞ると、中にいるノアがびくびくっと脈動した。

それにも感じて背を仰け反らせると、息を凝らしたノアに腰を抱き直されて挑まれる。

「あぁっ……あっ、あ……あん……ノアお兄様ぁ……」

「ロレッタ……ッ……俺の……」

上下する乳房に顔を埋められ、ずくずく突き上げられると、繋がった箇所から甘く蕩けてしまいそうなほどの愉悦《ゆえつ》が湧き上がってくる。

その甘い感覚に、媚壁が反り返る楔をもっと奥へと誘うような仕草をすると、ノアはぶるりと胴震いをして、さらなる律動を繰り出す。

「あんん……ん、ぁ……あぁ……あっ、あ、あっ、あ……」

揺さぶられる度に最奥をつつかれるのが堪らなく好くて、腰を使っていた筈のロレッタは、いつしかノアの首に縋りつくのがやっとという状態になっていた。

それでもノアはそんなロレッタを逞しい胸にしっかりと包み込みながら、絶妙な抜き挿しをして、自らも気持ちよくなりながらロレッタの官能に触れてくる。

「あん、あっ、あ……ノアお兄様ぁ……!」

突き上げられる度に腰をびくん、びくん、と跳ねさせながらも、ノアの灼熱をせつなく締めつけると甘く感じて、ロレッタは髪を振り乱してノアに縋りついた。

ノアにしっかり摑まっていないと、腰から下がもう溶けてしまいそうなほどなのだ。

「お願い……もっと……もっとギュッとして……」

「ロレッタ……ッ……」

息を弾ませながらも目を細めたノアは、そんなロレッタをしっかりと抱き込んで、緩急をつけた律動を繰り返す。

　烈しい抜き挿しをしてロレッタからせつない声を引き出し、快感に身体が強ばってくると、今度はゆったりとしたリズムを刻んで、ロレッタの中が堪らずに締めつける感触を愉しんでいるようだった。

「いやぁん……！」

　ノアとしては少しでも長くロレッタを味わっていたいのだろうが、ノアがどうやって自分の中で動いているのかわかるほどゆっくりと穿たれると、腰の奥が焦げつくように熱く甘い感覚がして、もう堪らなかった。

「もっと……ぁん……もっといっぱいしてぇ……！」

「しているだろう……」

「あぁん、違うの……もっともっといっぱいノアお兄様が欲しいの……」

　媚壁をゆっくり擦り上げられるのも好いが、それより訳がわからなくなるほど烈しく挑まれるほうが、自分の淫らさを自覚せずにいられる。

　だからもっと烈しくしてほしいのに、それが伝わらないもどかしさに、エメラルドグリーンの瞳を潤ませながら凝視めたが、ノアは余裕たっぷりに笑うばかりで。

「そんなに俺が欲しいのか……？」

「ほ、欲しいの……ノアお兄様がいいの……」

　恥ずかしさを堪えてねだった途端、媚壁がきゅううぅっとノアを締めつけてしまった。

するとノアはそれに呼応するように、ロレッタの中でびくびくっと反応した。

そして息を凝らしつつ吐精を堪え、火照った頬にチュッとキスをしてきた。

「そんなに俺がいいのか？」

「は、はぃ……」

「それとも、ロレッタが好きなのは……こちらだけか？」

言いながらずくずくと突き上げられて、ロレッタはふるりと首を振った。

昔はさんざんいじめられ、とても恐ろしく感じていたが、再会してからの二人は驚くほど優しくて、底辺を彷徨っていた自分を温かく迎えてくれた。

身体から始まった関係ではあるが、自分が幸せになれたのは二人が変わらずに愛してくれていたおかげだ。

なのに二人の優しさに甘えてばかりいてなにも言えずにいたが、すべてをさらけ出している今なら言える。

「違います……私は……私もノアお兄様とロイお兄様が好き……好きになりました……」

二人に染められたとはいえ、こんなに淫らな身体に成長した自分を、そのまま受け容れてくれるのは、ノアとロイしかいない筈。

偏愛されている自覚はあるが、今となっては二人共、ロレッタの中ではかけがえのない存在になっている。

どちらが欠けてもきっと自分は満足しない。二人を同等に愛してしまったのだ。たとえそれが倫理に反していたとしても、このひと月ほどの間に芽生えた気持ちを偽ることはもうできない。

「ようやく認めたな……愛している、ロレッタ……」

「わ、私も愛しています……」

まだ愛を囁くには躊躇いがあったが、言った途端に身体が甘く疼いて、ノアをせつなく締めつけてしまった。

するとノアは息を凝らし、あとは言葉もなく烈しく穿ち始めた。

「あぁっ……あ、あっ……あぁん、ノアお兄様ぁ……好き、好きなの……」

好きだと言う度に身体がどんどん甘く痺れていくようで、夢中になってノアに縋りつき、ロレッタも絶頂を目指した。

息を弾ませながら何度も何度も穿たれるのがものすごく好くて、身体が徐々に強ばり始め、上り詰めていくのを感じた。

そしてノアがぶるりと胴震いをしながら最奥を突き上げてきた瞬間、目も眩むほどの絶頂の波が押し寄せてきて――。

「あん……あっ、あぁ……あ、や、あぁっ……っ……あぁあぁぁ……！」

「クッ……ッ……！」

腰をひくん、ひくん、と突き上げながら達してしまい、その締めつけでノアも腰を打ち付けるようにして、ロレッタの中に熱い飛沫を浴びせてくる。

「ん、ふ……」

腰を何度も密着させるようにして、身体の奥深くに白濁を浴びせられ、その度に小さな絶頂を感じ、ロレッタも腰をひくつかせた。

そしてノアはすべてを出し尽くすと、息が整うのも待たずに口唇を塞いでくる。

「んふ……っ……ん……」

まるで噛みつくようなキスを仕掛けられ、とても苦しかったが、ロレッタは快感の余韻を味わいながら受け容れた。

そして舌を絡ませ合って想いの丈を伝え合うようなキスをして、最高に気持ちのよかった交歓の名残を味わってから、最後にチュッとバードキスをされた。

「誰よりも愛している、俺のロレッタ……」

「はぃ……私も……」

まだ躊躇はあったが目と目を凝視め合いながら想いを伝え合うだけで幸せな気分になれて、少し照れていると、また口唇にチュッとキスをされて、逞しい胸に抱き込まれた。

ノアの鼓動が伝わってくるのがなんだか嬉しくて、おとなしく抱かれたままでいると、ノアが笑う気配がしたが、ロレッタは静かに目を閉じて幸せをひしひしと噛み締めていた。

†　†　†

土曜は三人でブランチを食べるのが恒例となっている。

というのも、金曜の夜は決まって三人で朝方まで愛し合い、休みの土曜は午後まで惰眠《だみん》を貪るのがいつしか習慣化したからだ。

そして美味しいブランチを食べ終え、プライベートリビングで食後の紅茶を楽しみながら、ゆったりとした時間を過ごしていたのだが――。

「ノアばっかりずるいよなぁ」

ロイが不満たっぷりに声をあげるのを聞いて、ロレッタは困り切った顔でティーカップを静かに置いた。

「ですから、ロイお兄様にも、もう何度も言いました」

最初は穏やかに三人で話をしていたのだが、話の成り行きでノアと二人だけで愛し合った日のことが話題になってしまい、ロイは恨みがましい目をしてくる。

しかしノアに告白した日の夜、ロイにも気持ちはきちんと伝えたし、愛し合う時はもちろん、ことある毎に愛を伝えているのに、ロイはずっと根に持っているのだ。

そしてノアはといえば、そんなふうにロレッタが絡まれていても知らぬ素振りで、助け船を出してくれるでもなし、優雅に一人で紅茶を楽しんでいるのだ。

「あ、またノアばっかり凝視めてる！」

「そんなことありません。どうしたら許してくれますか？」

ほとほと困り果てて見上げると、ロイは途端に微笑んで、手を差し伸べてくる。

仕方なしに近寄ると、まるでテディベアのようにギュッと抱きしめられる。

「告白して」

「またですか？」

「あ。なに、その顔。ノアに告白できても、僕にはできないの？」

また不機嫌そうな顔で口唇を尖らすロイに、ロレッタは頰を火照らせた。

行為の最中ならまだしも、素の状態で告白するのは恥ずかしすぎる。

しかし言うまで絶対に離してくれないことはわかりきっているので、照れながらもロイをおずおずと見上げた。

「……ロイお兄様が大好きです……」

「僕もロレッタが世界で一番大好き」

照れながら小さな声で告白するロレッタに即答しながら、ロイは口唇へチュッとキスをして、満足げに頰擦りをしてくる。

それでもされるがままでいたのだが、抱きしめている手がスカートの中へ潜り込もうとしているのに気づいて、ロレッタは身を縮めた。

「ロイお兄様、まだお話の途中です！」

「ちぇっ、ばれたか。それで？　まだ返事が来ないって？」

「はい、もう届いている筈なんですが……」

ロイにまだ抱かれたままではいたが、ロレッタは表情を曇らせてため息をついた。

先ほどロイが不機嫌になる前、話題に上っていたのはオードリーについてだった。

先週、ノアと愛し合ったあと、さっそくオードリーに宛てて、ノアとロイの許で幸せに暮らしていると近況をしたためて、その日のうちにロバートに郵便へ出してもらった。

なのでオードリーにもう手紙は届いている筈なのに、一向に返事が来ないのだ。

きっとあの手紙を読んだら、オードリーも安心してロレッタの幸せを自分のことのように喜んで、すぐに返事をくれると思ったのに、けっきょく返事を待っている間に週末になってしまったのだ。

「だから言っただろう。あのお嬢様はロレッタを妬んでいるのだと」

「違います。きっと忙しいだけです」

「イギリス中で一番暇を持て余しているのは、貴族のお嬢様だと思うけど」

「きっとなにか返事をできない事情があるんです」

二人が興味もない様子で言ってくるのに反論したが、やはりそうなのだろうか？

大親友の筈なのに、ノアとロイが言うように、オードリーはロレッタを陥れたいほど嫌っているのだろうか？

だから幸せな暮らしをしていると手紙に書いたのが不満で、返事をくれないのか――。

「絶対に違うわ……」

不安な気持ちを払拭するように呟き、オードリーを思ってまた重たいため息をつくと、そんなロレッタをロイがギュッと抱きしめてくる。

「せっかくの休日なのに、あのお嬢様のことなんか考えない！　それより僕らと有意義な時間を過ごそうよ」

「きゃあっ……!?」

今度こそとばかりにロイにソファへ押し倒されてしまい、首筋に顔を埋められた。

そしてロレッタ自身が放つ甘い香りを存分に楽しみながら、乱れたスカートの裾から手を差し込まれてしまい、ロレッタは慌てて抵抗した。

「ロイお兄様っ……もうくたくたです！」

朝方近くまで二人を受け容れて本当にくたくただというのに、飽きもせずに迫ってくるロイに恐れをなして抵抗したが、ドレスに覆われた双つの乳房に顔を埋められ、脚を撫でられてしまった。

「そんなつれないことを言わないで、僕につき合ってよ」

「んっ……ノアお兄様、お願い、ロイお兄様を止めてくださいっ……！」

「じゃれているだけだろう。少し相手をすればロイも気が済むだろうしな」

助けを求めたが、ノアは我関せずといった様子で紅茶を楽しんでいて、ちっとも興味を示してくれない。

「そんな……あっ！　ロイお兄様、本当にだめ……！」

その間もロイにドレスを乱され、ロレッタは脚をばたつかせながらも身を竦めて、なんとかしてロイの魔手から逃れようとしている時だった。

「お寛ぎのところ失礼いたします」

ノックの音がしたかと思うと、ロバートが入室して一礼した。

ロイに押し倒されてドレスを乱されているロレッタの姿を目にしながらも、相変わらずのポーカーフェイスで、ロバートはソファの前まで歩み寄ってきた。

「なにかあったのか？」

「はい、予定外の来客です」

「来客？　取り込み中なんだけど……仕事関係？　それとも同族？」

「どちらにしても、休日に予告もなしに来るとはな」

迷惑そうにため息をつくノアと同様、ロイも興醒めしたようにロレッタから離れた。

それにはホッとして、ロレッタはドレスの乱れを直しつつ、三人の会話を聞き流していたのだが——。

「それで、誰が来たと？」

「ヘインズ伯爵家のオードリー様です」

「オードリーが!?」

ロバートの言葉に驚き、ロレッタはつい大きな声をあげた。

返事が来なくて意気消沈していたが、まさかわざわざ訪問してくれるなんて。

あまりにも嬉しくてロレッタはすっかり機嫌を取り戻したが、今度はノアとロイが疲れたようにため息をつく。

「いよいよお出ましか」

「あ～あ。どんな手で来るのやら……」

ノアは不敵に笑いつつ、ロイは面倒そうに伸びをしながら立ち上がるのを見て、ロレッタもソファから立ち上がって二人を軽く睨んだ。

「変な言い方しないでください。ロバート、オードリーはどこに？」

「春の間へお通ししております」

屋敷には応接室が四室あることから、それぞれ四季をイメージした部屋になっている。春の間はその名のとおり春を意識した華やかなデザインで、ロレッタも好きな部屋だ。

「わかったわ」

一刻も早くオードリーの笑顔を見たくて、すぐさま春の間へ向かおうとしたが、ノアに肩を摑まれた。

「待て、ロレッタ。まずは俺が先に挨拶するのが礼儀だろう」

「会いたい気持ちもわかるけど、家長が歓迎しないとね？」

「そ、それもそうですね。すみません、あまりにも嬉しくて、つい……」

先走りそうだった自分を抑えて素直に引き下がると、なぜかノアに頭を撫でられた。

「……ノアお兄様？」

「その元気が続くことを願おう」

そう言ったかと思うとノアは身なりを整えてから、ロバートを引き連れてプライベートリビングから出て行った。

それを見送ってから、ロレッタは首を傾げてロイを見上げた。

「どういう意味でしょう？」

「うん。いちおうノアなりの慰めってところかな？」

ロイの説明でもよくわからなくて、ロレッタはますます首を傾げた。

しかしそれからほどなくしてロバートが改めて迎えに来た時には、ロレッタの頭の中はオードリーとの再会の喜びでいっぱいになってしまった。

そして逸る気持ちを抑えつつ、ロバートの先導でロイと共に春の間へと向かうと、普段の尊大な態度とは一転して、穏やかな笑みを浮かべるノアと、その真向かいには微笑むオードリーの姿があった。

「オードリー!」

「ま、ぁ……ロレッタ……」

思わず駆け寄ったロレッタの勢いに圧倒されたように、オードリーは僅かに身を退き、そして笑顔を向けるロレッタから目を逸らした。

「……オードリー?」

「あなたには申し訳ないことをしたわ。なにも知らずに私ったら、とんでもない仕事を紹介してしまって……」

しおらしく目を伏せるオードリーにロレッタは首を振り、なにも気にしていないと伝えたくて笑顔を浮かべた。

「オードリーは悪くないわ。それは仕事内容を知った時にはとても驚いたけれど、ノアお兄様とロイお兄様が助け出してくださったから」

「まぁ、お二人が……そうだったのね……」

その時になってようやく顔を上げたオードリーに、ロレッタはしっかりと頷いた。

「それに手紙にも書いたように、このお屋敷でお世話になって今はとても幸せよ。だからもうオードリーも気にしないでほしいの」

「……幸せというのは、どういう意味なのかしら？　たとえばお二人のうちどちらかと、幸せになったという意味？」

首を傾げられて、思わず言葉に詰まってしまった。

いくら大親友とはいえ、まさかノアとロイを同等に愛し、三人で愛し合っているなどとは口が裂けても言えない。

かといって質問に答えないのも不自然に思われるかもしれないし、どう答えるべきか言葉を探していると、それまで黙っていたロイが間に入ってきた。

「今までつらい生活をしてたからね。柔らかなベッドと温かな食事があることが、ロレッタにとって言葉どおりに幸せってことだと思うよ」

「そう言われると納得ですわ。お二人とは兄妹のような関係でしたものね。おとなしくて奥手のロレッタが、まさかと思いましたが、私ったら……」

ロイの言葉にオードリーは笑みを浮かべ、改めてといった様子でノアを凝視めた。

「なかなか社交界へお顔を出してくださらないバークリー伯爵には、ロレッタのことを機に懇意にしていただきたいですわ」

にっこりと優しく微笑みながら話すオードリーを見て、ピンと来てしまった。

以前からそれとなく訊かれてはいたが、オードリーはノアに好意を寄せているのだ。

だからこそ自分が幸せだと言った時に、意味を求めたのにも納得がいった。

しかしオードリーがいくらアプローチをしても、ノアは余裕な笑みを浮かべるばかりで。

「光栄です。とは申しましても、仕事を恋人にしておりますが」

「今は貴族も事業を興さなければ生き残れないですもの。それに私、『ロティローズ』の紅茶を愛飲しておりますのよ」

「まさにあなたのような貴婦人に愛される為に作った、私共のブランドの紅茶を愛飲してくださっているとは嬉しい限りです」

とても嬉しそうに微笑むオードリーに、ノアも微かに笑みを浮かべる。

相変わらずの外面の良さに、すっかり騙されているオードリーが少し気の毒になったが、これ以上のボロが出ないようにロレッタは沈黙を守りとおした。

「さて、ロレッタを見て安心しましたか？　積もる話があるならば席を外しますが？」

「お心遣いに感謝しますわ。どうもありがとうございます。ですが残念ながらこれから予定が入っておりますの。名残惜しいですが、これで失礼しますわ」

ロレッタとしてはオードリーともっと話したかったが、なんだかオードリーの目には自分よりもノアしか映っていないように見えた。

少し寂しい気もしたが、オードリーがノアを前にしてここまで喜んでいる姿を見てしまっては、なにも言えなかった。

「では玄関までお見送りしましょう。おいで、ロレッタ」

「あ、はい……」

席を立つオードリーに微笑んだノアに呼ばれて、少しぼんやりしていたロレッタが慌てて返事をして近づくと、ノアはごく自然な素振りで腰を抱いてきた。

「え……？」

帰るゲストをエスコートするのが普通なのに、どうして自分を優先するのだろう？

オードリーも当然ノアがエスコートすると思っていたようで、一瞬だけ不快そうな表情を浮かべ、それからなぜかノアではなくロレッタを軽く睨んできた。

（え、なんで……？）

オードリーがそんな表情を浮かべるのを見るのは初めてのことで少々驚いてしまったが、ロイがすかさずオードリーをエスコートしたので、複雑な気分になったもののロレッタは黙ったままでいた。

そして長い廊下を歩き、玄関ポーチに停まっていた車にオードリーが乗り込むまでの間、ノアとロイはオードリーとにこやかに会話をしていたが、車が門扉を抜ける音を聞いた途端、ノアは珍しく煙草を吸い出した。

そしてロイはいかにも不快そうに顔を歪めて――。

「うわ～、最悪。女のいやな部分だけを寄せ集めた感じの女だった」

「……女のいやな部分？」

「わからないならいいよ。でも、ロレッタに謝らなかったのは許せないな」

ロイはまるで自分のことのように憤慨しているが、ロレッタはそんな心当たりはまったくなくて首を傾げた。

「オードリーなら、申し訳ないことをしたって謝ってくれました」

「それは謝ったうちに入らないよ。本気で詫びる気持ちがあるなら、ごめんなさいって言うのが普通じゃないか」

ロイはますます憤慨していたが、ロレッタが今ひとつピンと来ていないせいか、それとも一人で怒っているのがばからしくなったのか定かではないが、諦めたように息をつき、先ほどから煙草を吸っているノアを振り返った。

「……で？　惚れられてるノアとしては、どう思ったのさ」

「やめてくれ」

うんざりしたような表情で煙草を揉み消したノアは深々とため息をつき、少し考えるように遠くを凝視めたままでいたのだが——。

「少々引っかけてみたが、あのお嬢様の狙いはやはりロレッタだとよくわかった」

「うん。ついでにノアもなびいたらラッキーって感じだったね」

「わざわざ会いに来てくれた親友を悪く言うのはやめてください」

オードリーがロレッタを陥れると確信して話す二人に、黙っていられなくなって間に入ると、ロイにおでこをつつかれた。

「素直なのはロレッタのいいところだけど、そろそろ認めなよ。途中から話しかけられなくなってたくせに」

「それは……」

指摘されたとおり、確かに途中からオードリーに話しかけられる雰囲気ではなかった。

しかしそれは三人の関係がばれないようにする為、ロレッタ自身もおとなしくしていたせいもあるし、なによりオードリーがノアに夢中になっていたからだ。

見送る際に睨まれたのは驚いたが、それもノアを慕っているからだと思えば納得できた。

「ほら、反論できない」

「違います。オードリーがノアお兄様をお慕いしていたから遠慮しただけで……その、応援できませんけど、私はオードリーを……」

「どちらにせよ不安要素は絶っておきたいところだな。だが、まずはあちらの思惑どおりに動いてやろうじゃないか」

不敵な笑みを浮かべるノアに遮られて、ロレッタはなにも言えなくなった。

「そうだね。さて、どんな手を使ってくるんだか……」

ノアとロイがなにを考えているのかわからなかったものの、なにか起きることだけはわかって、ロレッタは不安な気持ちに陥り、コトコトと鳴り始めた胸を押さえたのだった。

†第四章　小さき花の名†

庭に咲く色とりどりの薔薇を眺めては、ロレッタはその甘い香りに微笑んだ。

一見すると薔薇が無造作に咲き乱れているように見えるが、毎日のように庭を散歩しているうちに気づいた。

ロレッタの為のコモン・モスの薔薇園は別として、冬以外の季節は絶えず薔薇が咲いているように見せる為、季節によって咲く薔薇が絶妙な配置で植えられているのだ。

しかも色も白から深紅まで多彩に咲いているが、よく見ると門扉から濃い色の薔薇が咲き、屋敷へ向かうにつれ淡い色へとグラデーションになっている。

その大発見をした時は嬉しくて、ノアとロイにさっそく報告をしたのだが、二人は長年住んでいながら、その事実にはまったく気づいていなかった。

ロレッタが飽きずに楽しめる庭ならいいと言うだけで、庭の管理は代々の庭師に任せっきりだとのことだった。

「こんなに計算されて綺麗に咲いているのに……」

庭師が丹誠込めて作り上げた庭が、どんなに素晴らしいか知っているのは庭師本人とロレッタだけ、というのは大いにもったいない。

とはいえ誰かをお茶に招いて庭を披露する身分ではなくなったロレッタは、けっきょく一人で楽しむしかないのだが。

（ここに住んでいることを知っているオードリーなら、お茶に招いても……）

妙案を思いついた気分になったが、すぐにその考えは打ち消した。

ノアとロイの前でオードリーを話題にするのすら今はもう気まずいくらい、二人は毛嫌いしているからだ。

特にノアは慕われていることも煩わしいようで、オードリーの名を口にしようものなら、途端に不機嫌になるとあって、ロレッタは仕方なく黙るしかなかった。

（お兄様方はオードリーが私を陥れる為になにかを企んでいると言うけれど……）

そんなことが果たしてあるのか、ロレッタはまだ信じられなかった。

オードリーがこの屋敷へ訪ねてきたのは、先週の土曜日。

その時にノアとロイは、まずはオードリーの思惑どおりに動くなどと不穏なことを言っていて、なにかが起きるのかとロレッタも不安になったが――。

あの日以来オードリーからはなんの音沙汰もなく、平穏な日々が続いているだけだった。

(きっとお兄様方の思い過ごしに違いないわ)

さすがにロレッタも二人の警戒のしようから、最初の数日は自分なりに気を引き締めてはいたものの、いくら待てど暮らせどなにも起きない日々が続くとあって、ノアとロイの思い過ごしにしか思えなくなっていた。

なにしろロレッタを偏愛している二人のことだ。オードリーを良く思っていないせいで、変な被害妄想に駆られているとも考えられる。

なによりオードリーをもう疑うような真似もしたくないし、普段どおりに振る舞うほうが心の健康にもいい気がして、こうしてのんびりと庭を散策していた。

「いい香り……あなたを玄関ホールに飾ることにするわ」

庭の中程にある生け垣の迷路を過ぎた辺りに咲いている、とてもいい香りを放つローズピンクの薔薇に触れながら微笑んだ。

最初は自分達の部屋に飾る薔薇ばかり選んでいたのだが、今や屋敷中に飾る薔薇はすべてロレッタが選んでいる。

ロバートから咲き尽くした場所の報告を受け、その場に見合った薔薇を選ぶ作業は思いのほか楽しくて、ロレッタなりにコーディネイトを考えていた。

今日は屋敷の顔でもある玄関ホールに飾る薔薇とあって、庭中を歩きまわった結果、香りだけでなく咲く姿も美しいこの薔薇に決めたのだった。

そしてその中でも特に綺麗に咲いている薔薇を選んでは摘んでいた時、近くの茂みがふいにガサリと揺れる音がして、ロレッタはビクッとその場に固まった。

猫が庭へ迷い込んで茂みを鳴らすことはたまにあったが、それよりもっと大きな音がしたし、明らかに人の気配を感じた。

しかしロレッタが庭を散策する時、庭師は決して邪魔をしない。

「……誰？　ロバートなの？」

恐る恐る声をかけるとまた茂みがガサリと揺れ、そして今度こそ見知らぬ若い男性が現れたのだが——。

「いててて……うわぁ、すみませんっ！　あっちゃ〜、親方にロレッタお嬢様が庭の散策をしている時は邪魔するなって言われてたのに……」

ブラウンの髪色でロレッタと同じグリーンの瞳をした青年は、髪に葉っぱを付けながら、慌てたように謝ってきた。

作業着に身を包み、枯れた薔薇の花がらが詰まった籠を背負っているところと話す内容から、彼が庭師見習いだとすぐにわかった。

「あ、初めまして、ロレッタお嬢様。庭師見習いのジェファードと申します。ジェフって呼んでください」

「ごきげんよう、ジェフ。ところでどうしてそんな所から出てこられたの？」

庭の小径《こみち》ではなく茂みから出てきたのがわからなくて首を傾げると、ジェフは照れたように笑った。

「この茂みを抜けるのが裏庭の焼却炉への近道なんです。小手毬の茂みは強いけど、どんな植物も大切にしないと親方に怒られるから、内緒にしててくださいっ！」

「うふふ……」

まるで祈るように手を組むジェフの必死さを見て、ロレッタはつい笑ってしまった。

とても快活で慌て者らしい人柄が伝わってくるエピソードがおもしろすぎて。

笑いが止まらずにいると、ジェフは困ったように頭を搔いた。

するとその拍子に髪に付いていた葉っぱが落ちて、それもまたおかしくて。

「まいったな……もう笑わないでくださいよ」

「あなたみたいにおもしろい人がこのお屋敷にいたなんて知らなかったわ」

ロレッタの周りにいるのは、タイプは違えど落ち着いた雰囲気の完璧な大人の気品を持ち合わせた男性ばかりなので、ジェフのように明るくて親しみやすく、また庶民的な馴染みやすさのある男性と話すのは初めてだった。

「そんなにおもしろいこと言いましたっけ？」

「ごめんなさい、笑い過ぎね。けれど……うふふ、ジェフはおいくつ？」

謝ったもののまだ笑いを堪えきれず、それでも質問をすると、ジェフは人懐っこい笑みを浮かべた。

「先々月に十九歳になりました」

「ならば私と同い年ね。お仕事は大変？」

「庭師は肉体労働なので、へとへとになることもありますけど、俺、植物が大好きで！いつか親方みたいな庭師になりたいんです！」

熱弁を振るうジェフの夢に溢れた表情は目に眩しいほどで、本当に庭師という仕事が好きなことが窺えた。

「ジェフならばきっとなれるわ。毎日素敵な薔薇の手入れをどうもありがとう」

「ロレッタお嬢様にそう言ってもらえると嬉しいです！　コモン・モスだけじゃなく、プティット・ド・オランドも好きなんですか？」

「え……？」

聞き慣れない名を聞いてロレッタが首を傾げると、ジェフはにこっと微笑みながら、ロレッタがたった今まで摘んでいた薔薇に触れた。

「この薔薇の名前です。これこそローズピンクと言うに相応しいんです。でも、よく見ると縁へいくほど薄くなっているのがわかりますか？　それがこの薔薇の特徴で、もう百年以上前からイギリスで栽培されている薔薇なんです」

「さすがにとてもお詳しいのね」

言われてみてよく見ると、確かに薔薇の花びらが縁へいくほど薄くなっていて、感心したように見上げると、ジェフは少し照れながらもロレッタを見た。

「この庭の植物はぜんぶ覚えました。一見すると無造作に咲いているように見える小さな花にも名前があります。でもやっぱり薔薇は、品種によって名前がついているので一番おもしろいです……って、すみません！　俺ばっかりべらべら話して」

恐縮したように縮こまるジェフに、ロレッタはふんわりと微笑んで首を緩く振った。

「とても興味深いお話だったわ。それにジェフがどんなにこの庭を愛しているかもよくわかって嬉しいわ」

ロレッタの大好きな庭を、同じように愛しているジェフに会えただけでもとても嬉しい。なにしろノアもロイもロバートでさえ、美しければいいと、庭はもちろんこんなに美しく咲いている薔薇にも興味すらないのだ。

「また明日も会えるかしら？　薔薇の名前を私にも教えていただきたいわ」

「喜んで！　それじゃ、親方に怒鳴られる前に行きます。また明日！」

ロレッタの申し出を快く引き受けてくれたジェフは、また茂みの中へ消えていった。

「まぁ……うふふ……」

コリずに抜け道を使うジェフがおかしくて、ロレッタはまた笑ってしまったのだった。

バスタブで心ゆくまで入浴をしたロレッタは、バスローブに身を包み、窓から入ってくる夜風に吹かれながら、火照った身体を冷ましていた。

† † †

レースのカーテンを揺らす微風は、薔薇の甘い香りを含んでいる。

それを胸一杯に吸い込んでは、ふと笑みを浮かべた。

「ふぅ、いい風……」

(今日は薔薇をふたつも覚えたわ)

とても濃いピンクのマリールイーズに、淡いピンクのオールド・ブラッシュ。

どちらも蕩けるようにいい香りの薔薇で、作出されたエピソードを身振り手振りを加えて楽しそうに話すジェフを思い出しては、ロレッタはクスクス笑った。

偶然に庭で出会ってから四日目の今日も、ロレッタが庭へ散策に出ると、ジェフはどこからともなく現れ、約束どおりに薔薇の名を教えてくれた。

特に時間を決めて会おうと言った訳でもないのに、必ずといっていいほど息せき切って現れるジェフのおかげで、庭の散策が今まで以上に楽しくなって。

それに薔薇の由来を聞けば、摘む薔薇に対してよりいっそう愛着が湧いて、部屋に飾る時も今までとは少し違った見方ができているような気分になれた。

「明日はどの薔薇を教えてもらおうかしら……」

「なにを教えてもらうんだ？」

独り言に返事があったことに驚いて振り返ると、スーツ姿のノアとロイが寝室の扉の所に立っていた。

そしてラウンドテーブルに近寄ってくるなり、頬にキスをしてからロレッタを挟むように席に着く。

「おかえりなさいませ、ノアお兄様、ロイお兄様。お仕事ご苦労様です。先に夕食を食べさせていただきましたが、お兄様方もお食事は済みましたか？」

「あぁ、食べてきたから心配するな」

「ロレッタは一人で食べて寂しくなかった？」

「ロバートが話し相手になってくれたので、寂しくなかったです」

微笑みながら答えると、二人は納得したように頷いた。

今日は仕事が忙しかったようで、二人からの伝言どおりに、ロレッタは先に夕食と入浴を済ませていたのだ。

しかし二人が意外と早く帰ってきたので、バスローブ一枚で出迎えてしまったことを恥じて、ロレッタは胸元を合わせた。

「このような姿でお出迎えして失礼しました。すぐに着替えます」

「気にしなくていいよ。どうせすぐに脱ぐことになるんだから」

ラウンドテーブルに盛られているフルーツ皿から、ロイはブドウをひと粒摘まんで口に入れながら平然と言って、ロレッタを真っ赤にさせた。

「……お仕事でお疲れではないのですか？」

今夜もまた三人で愛し合うことがいやな訳ではないが、始まってしまえばロレッタが意識を失うか、朝陽が昇るまで続くことを考えると躊躇してしまう。

それに仕事に出かける二人がいつ寝ているのか不思議でもあり、最近特に忙しい二人の体調が心配で訊いたのだが——。

「心配されるのは悪くないが、一時過ぎに帰ってくる程度で心配される歳ではない」

「それとも二十代の男より、同い年の男のほうが病みつきになるほど好い？」

「……それはどういう意味でしょう？」

なんだかイヤミたっぷりに返されてしまい、ロレッタが戸惑いながらも真意を探るように見上げると、ノアには冷たく見据えられ、そしてロイは笑っていながらも凶悪な瞳でロレッタを凝視めていた。

「……ノアお兄様、ロイお兄様？」

最近は二人に愛されてばかりいてすっかり忘れ果てていたが、昔のように残忍な表情を浮かべられ、ロレッタはびくりと身を竦めた。

しかしそんなふうに二人が様変わりする心当たりはロレッタにはまったくなくて、ドキドキしながらも二人がなにを口にするのか待っていると、ノアが皮肉な笑みを浮かべた。

「しらばっくれるつもりか」

「なにをですか？」

「お二人に愛される身でありながら、最近のロレッタ様はそれでは飽き足らず、庭で若い庭師見習いとの逢瀬を楽しんでいらっしゃる……と、ロバートから報告を受けている」

「なっ……!?」

あまりの言われように言葉をなくし、ロレッタは目を瞠った。

ロバートがいつ見ていたのか気づきもしなかったが、まさかそんなに酷い報告をしていたなんて。

ノアとロイというものがありながら、それではまるで庭師見習いのジェフとも密かに愛の行為を営んでいる、とんだ淫乱というレッテルを貼られたようなものだ。

「僕らだけじゃ足りなくて、土臭い労働者階級の男を欲しがるなんてさ」

「ち、違いますっ！　お願い、信じてください。ジェフには薔薇の名を教わっていただけです。お二人の愛に背くような真似はしておりません」

身の潔白を必死になって訴えたが、二人の表情が変わることはなく、むしろますます醒めた目で凝視められ、ロレッタは瞳を潤ませた。

「そいつの前では、見たこともないような穏やかな笑顔を浮かべているとも聞いている。はしゃいで笑っている声を聞いたともな」

「僕らに見せたことのない顔を、そのジェフとかいう男には見せているなんて許さない」

「ぁ……」

二人の深蒼色の瞳が冷酷に光るのを見て、ロレッタはなにも言えなくなった。

確かに明るくお調子者のジェフと話しているだけで、つい笑ってしまう自分がいた。

この四日という短い期間で、まるで旧知の友と接しているような気分になって、声をあげて笑うこともしばしばあった。

そしてノアとロイの前で声をあげて笑うようなことは今まで一度もないのも事実で、二人に見せたことのない顔を、ジェフには見せていたかもしれない。

しかし、だからといって二人を裏切ったつもりは決してない。

「仰るとおり声をあげて笑うこともありました。ですがジェフには本当に薔薇の名を教わっていただけです。お願い、私のお二人への気持ちを信じてください……」

「口ではなんとでも言える」

真実を口にしているのにノアに冷たく返されて、どうしたら信じてもらえるのか、いよいよわからなくなった。

二人に突き放されていると思うだけで心細い気持ちにもなり、ロレッタが涙を堪えて身体を小刻みに震わせていると、ロイがクスッと笑いながらおもむろに立ち上がり、ロレッタを背後からやんわりと抱きしめた。

「僕らが恐い？」

「いいえ、いいえ……お二人に見捨てられるほうが恐いです……」

今となっては二人がいない人生など考えられず、このまま見捨てられることを恐ろしく感じて首を振ると、ロイが耳許でクスッと笑う。

「ならばこう言えばいいんだよ、ノアお兄様、ロイお兄様。他の男を誘惑した淫らなロレッタを、どうぞお仕置きしてくださいって……」

「……っ……」

耳の中へ直接吹き込むようにして告げられた残酷な言葉に、ロレッタはびくっと身を竦め、恐る恐るロイを振り返った。

しかしロイは瞳を輝かせて、ロレッタを促すように頷くばかりで。

今度はノアを見上げてみれば、ロイの悪魔のような提案を聞いて、愉しげに笑っていた。

「そんな……」

どうやら二人は最初からそのつもりだったことが窺えて愕然とした。

ジェフを誘惑したつもりなど微塵もないのに、自ら進んでお仕置きをしてもらうよう二人に頼むなんて。

普段の三人での交歓ですら気を失うことが多々あるのに、ノアもロイも、それ以上のことをするつもりなのだろうか？

想像もつかないが、なにか恐ろしいことが待ち受けているようでなにも言い出せずにいると、ロイにバスローブの紐をほどかれてしまった。

「さぁ、僕らに許してほしいんだろう？　だったら自分からねだらないと」

「あ……」

はらりとはだけたバスローブを腕から抜かれたと思うと、その場に立たされた。

なにも身に着けていない心許ない姿のまま、二人の前に立ち尽くしていたが、ロレッタが言うまで二人が許してくれないことがわかる。

それにロレッタが自らねだる姿を期待していることも肌で感じ、信じてもらいたい一心で、ロレッタは祈るように手を組んで長い睫毛を伏せた。

「……ノアお兄様、ロイお兄様……他の男性を誘惑した淫らなロレッタを……ど、どうぞお仕置きしてくださぃ……」

震える声でねだり恐る恐る見上げると、二人は満足げな笑みを浮かべた。

「フフ、ロレッタがお仕置きしてほしいなら仕方がないね」

「誘惑したと認めたな。いいだろう、思う存分その身体に俺達のものだという証拠を刻みつけてやる」

「そ、そんな……！」

ロイの言葉どおりに言っただけで、ジェフを誘惑したつもりなどない。

なのにまるでロレッタに非があるように決めつけるなんて、酷いにもほどがある。

しかしそれを訂正する前に二人に手を引かれてしまい、ベッドへ寝かされてしまった。

「……っ……」

「そんなに怯えなくても大丈夫。可愛いロレッタに痛いことなんてしないよ。気持ちいいことしかしないから」

覆い被さってきたロイの言葉に、冷たいものが背筋に走った。

どんなに気持ちいいことしかしないと言われても、過ぎる快感がどんなにつらいか、この身を以て識っているロレッタからしたら、ロイの言葉は拷問の前触れにしかすぎない。

「いやぁ……」

幼い頃に味わった恐怖が甦ってきて、身体が震えるのを止められずにいると、その間に隣室へ行っていたノアが、仰々しい箱を手に戻ってきた。

よく見ると黄金の装飾が施されている箱は、触れるのも恐ろしいニシキヘビの皮で覆われている。

「……っ……」

規則正しく並んでいる鱗を見て思わずびくつきながらも、その禍々しい箱から目が逸らせずにいると、ノアはもったいつけるようにロレッタの顔の近くで箱を開いた。

恐る恐る中身を確認してみれば、そこにはとても美しいガラスの小瓶と、精巧な彫刻が施されている木製の淫具、それに赤い布紐などが入っていた。

「どうだ、美しいだろう。まだ会社を興したばかりの頃、インドで手に入れた物だ」

「小瓶の中身は、処女でもよがり狂って男を欲しがる媚薬で、豪族《ラージャ》が使う品を譲ってもらったんだよね。元々淫らなロレッタに使ったらどうなるのかな」

「いや……いやです……そんな恐ろしい物を使わないでくださぃ……」

好奇心旺盛なロイが小瓶を手に目を輝かせて言うのに、ロレッタは目に涙を浮かべながら首を振った。

しかし二人はロレッタが泣いても許すつもりはないらしい。

「髪を振り乱してよがり狂う姿は、さぞ美しいだろうな」

「フフ、楽しみだよね。でもその前に……」

「あ……!?」

ロイは箱に入っている赤い布紐を手にすると、ロレッタが恐ろしさに動けないのをいいことに身体を引き起こして手首をそれぞれ縛り付け、さらに手が下ろせないように天蓋《てんがい》へ吊《つる》し上げた。

「ロイお兄様、これでは動けません……」

「うん。よがり狂ってもベッドから落ちないようにしてるんだよ」

ベッドにぺたりと座り込んだロレッタが戸惑っているのに、ロイは恐ろしいことを平然と言いながら、ついでとばかりに余った紐で双つの乳房を強調するように縛り上げた。

「いや……恥ずかしぃ……」

「恥ずかしがることはない。よく似合う」

「本当に。ロレッタは肌が白いから赤い紐が映えるよね」

自由を奪われた挙げ句、乳房だけがやけに目立つ縛り方をされたのが恥ずかしくて、触れられてもいないのに乳首がぷっくりと尖ってしまった。

その淫らな光景をノアとロイは満足げに眺めていると思うだけで、身体が燃え立つように熱くなった。

縛られただけでこんなにも身体が熱くなったというのに、これで得体の知れない媚薬を使われたら、自分はいったいどんな痴態を曝してしまうのだろう？

考えるのも恐ろしくてただただ震えていると、ノアが小瓶を手にした。

「……っ……」

「そんなに怯えなくても大丈夫。いい子だからノアによく見えるようにして」

「いやぁ……！」

いよいよ始まる狂宴に怯えて身を固くしているうちに、背後へまわったロイに膝裏を掬われて、ノアに向かって脚を大きく開かれた。

それだけでも心許ない気分になって、心臓がドキドキと音をたてる。

しかし怯えるロレッタを前にしても、ノアはまったく気にもせずに飾りたてられた小瓶の蓋を開いた。

その途端に薔薇やジャスミンよりも甘く濃密な花の香りが寝室に広がった。

頭がくらりとするほどの強い芳香はどこか淫らでもあり、香りだけでもいかにも媚薬といった感じだった。

そしてノアが手にしている小瓶の蓋には男性の中指より少々長く、先端が丸まっているガラス棒が付いている。

しかも媚薬が絡まりやすいようにする為か、何本もの筋が入っていた。

「いや、いや……変なお薬なんて使わないでくださぃ……」

「お仕置きを望んだロレッタに拒否権はないよ」

「ぁ……」

そう言われてしまうとなにも言い返せずに黙り込みながらも、ノアが手にしている小瓶から目が逸らせずにいた。

ガラス棒から、まさに蜂蜜のようにとろりとした黄金の液体が瓶へ糸を引いてたれていくのを見ただけでロレッタがおののいていると、ノアは思わせぶりに瓶の中へ蓋を戻した。

「さて、いったいどうなるか楽しみだ」

「あぁ……！」

ガラス棒に媚薬をたっぷりとまぶしたノアは、なんの躊躇いもなくロレッタの蜜口へガラス棒を挿し込んだ。

ガラスの冷たさに身を竦ませているうちに、ノアはガラス棒で媚壁をぐるりと掻き混ぜるように塗り込める。

そしてガラス棒を抜き取ってさらに媚薬を掬い取り、まだ眠っている秘玉にも塗りつけてから、ようやく離れていった。

「んっ……」

「どう？　なにか感じる？」

ロイが顔を覗き込むようにして、興味津々といった様子で訊いてくる。

媚薬を塗り込められた時は、ガラスの冷たさも相俟《あいま》ってヒヤッと感じたが、自らの身体を探るようにジッとしていても、それから特に変わったことはなかった。

「……特になにも……」

「なんだ、すっごく効くって自慢してたのに」

「まぁ、こちらも話半分で買ったからな」

ロイはとても残念そうにしていたが、ノアはさんざん脅かしてきたわりに、それほど信じていなかったらしい。

なにも反応を示さないロレッタに、ノアが小瓶を箱に放り投げる。それを見て、これでもう妙な薬を使われることもなく済みそうで、ホッとしかけた時だった。

「あ……？」

秘所がじわりと熱くなり、まるでなんの前触れもなく粗相をしてしまった感覚に陥った。

しかし自らの身体を見下ろしてもそんな形跡はなく、ホッとしながらも奇妙に思っているうちに胸がドキン、と大きく鳴り響いた。

それと同時に秘所がどんどん熱くなり、まるでそこに心臓があるかのようにどくどくと脈動し始め、いつしか媚薬を塗り込められた媚壁に疼くような感覚が襲ってきた。

「いやぁん……なに？　んっ……いや、なにか……ぁ、あぁ……いや、いやぁ……！」

堪らずに腰を淫らに揺らめかせながら戸惑いの声をあげると、ノアとロイは顔を見合わせてからニヤリと笑った。

「あぁん……いやぁ……！　なに、これ……あ、あぁん！」

「媚薬というのはうそではなかったようだな」

「ただ塗っただけなのに、もうこんなに腰を振っちゃうなんてすごい効き目」

「いやぁん……お願い、見ないでぇ……！」

ジッとしていられないほどの疼きがあとからあとから湧き上がってきて、腰が淫らに動くのを止められない。

それを愉しげに眺められているのを意識すれば、さらに身体が燃え上がるほどの羞恥を感じるのに、どうにかなってしまいそうな疼きに耐えきれず、身体を仰け反らせて悶えた。

「思ったとおり、乱れる様は美しいな」

「なにもしてないのに感じきった顔しちゃって……ロレッタ、脚開いて」

「んっ……ぁ……あぁっ！」

触れてもらうことを期待して素直に脚を開いた瞬間、媚薬を塗り込められた秘玉が外気にさらされて余計に熱くなった。

そして二人の目をはばからずに腰を振りたてていると、愛蜜がとめどなく溢れてシーツを濡らすのがわかった。

「ロ、ロイお兄様ぁ……お願い、お願い……どうにかしてぇ……」

「だめだよ、淫らなロレッタ。これはお仕置きなんだから」

「あぁん、そんなぁ……」

恥ずかしいのを堪えてねだったのに、返ってきたのは素っ気ない言葉だった。

せめて手が使えれば自ら慰めることができるのに、天蓋に吊されているせいで弄れないのがもどかしい。

その間も秘所を中心に身体が熱く疼いて、縛られた乳房をふるふると揺らすほど身体を淫らに躍らせた。

息を弾ませながら熱く潤んだ瞳で凝視めたが、間近で楽しそうに眺めているロイは触れてもくれず、ノアは既にベッドから下りて、スコッチウィスキーを飲みながらロレッタの痴態を眺めている。

「いやぁん……お願い、どうにかなっちゃう……もう許してぇ……」

音を上げて許しを乞うロレッタを見ても、二人は動こうともしない。

ロレッタが悶える様を愉しげに眺めているばかりで――。

「もういや、いやぁ……」

焦れた身体を持て余し、潤んだ瞳から涙が伝う。

疼く身体に触れてもらえないことが、こんなにもつらいなんて思いもしなかった。

そして二人に愛される行為がどんなに幸せだったか、まざまざと思い知らされた。

わかってはいたつもりだが、ノアとロイなしではもう生きられないくらい、自分がどうしようもないほど淫乱な身体をしていることにも改めて気づかされた。

しかし反省したところで二人が自分の都合良く、快楽へ導いてくれるとも思えない。

だとしたらどうすればいいのか考えようとしたが、燃え立つ身体と沸騰しそうな頭では、いい考えが思いつく訳もなく――。

「あぁん、お願い、お願い……気持ちよくしてぇ……」

けっきょく口を衝いて出たのは、今までとたいして変わらない言葉だった。

当然、二人も醒めた目つきでロレッタが悶える様を眺めているばかりで。

「そう言って庭師見習いを誘ったのか？」

「いやっ……そんな、言ってません……あぁ、お願い……触ってぇ……」

自ら脚を開いて腰を淫らに揺らめかせて誘ったが、その行為も不発に終わった。

冷たい目で凝視められただけで、もう消え入りたい気分だった。

「僕ら以外の奴にも、そうやって脚を開いて一番恥ずかしい場所を見せたの？」

「してません、そんなことしてません……こんなに恥ずかしい姿はお兄様方にしか見せたくないです……」

ロレッタがしゃくり上げながら口にした言葉を聞いて、ノアとロイはようやく態度を軟化させた。

「僕らにしか見せたくないんだ？」

「はぃ……ん、んやぁ……お兄様方だけ……こんなに淫らな私を見せられるのは、お兄様方だけなの……」

「俺達だけ、か。他の奴に見られたらロレッタはどうなるんだ？」

「いやぁん……そんなの絶対にいやぁ……！」

二人に愛されて悦んでいる浅ましい姿を誰かに見られたら、きっと立ち直れない。

二人の男性を受け容れているロレッタを見たら、きっと誰もが眉をひそめてその淫乱さに呆れるに違いなく、見られた時のことを想像するだけでも心が凍てつきそうだ。

「ぃや、いやです……こんなに淫らな私を誰にも見せないで……」

「初心なロレッタには理解できないか。こんなにいい男を二人も支配してたら、自慢してもいいくらいなのに」

「んんっ……ぁ……支配……？」

支配されているのは自分のほうなのに、むしろ二人のほうがロレッタの支配下にいるとでも言うのだろうか？

そんなふうに考えたこともないので理解できないし、なにより身体の熱を散らすほうが今は先決だった。

「ノアお兄様、ロイお兄様……ごめんなさぃ……お兄様方だけなの。お兄様方にならなんでもしますから、ロレッタを気持ちよくしてぇ……」

「それは本当か？」

「は、はぃ……なんでもします……だから……」

期待に満ちた瞳で凝視めると、ノアが静かに頷く。

それに応えてロイが箱の中から男性を模した淫具を取り出すのを見て、ロレッタは自ら放った言葉を早くも後悔した。

「見てごらん、すごくリアルだろう？　しかもほら、この根元から生えている突起がなにかわかる？」

目を背けたかったがあまりにも誇張された淫具から目を逸らせずに首を振ると、ロイは楽しげに根元から生えている突起の先端を撫でた。

「これを根元まで挿れると、この突起がロレッタの一番感じちゃう所を刺激してくれるんだよ。しかもほら、まるで洗濯板みたいにギザギザしてるだろう？　ロレッタのちっちゃな粒が擦れたらすごく気持ちいいよ」

「……っ…」

よく見てみれば突起の先端は丸みを帯びていて、その表面はなめらかに削られているものの、言われたとおりギザギザに彫刻されていた。

そこに秘玉が擦れた時のことを想像するだけでも、媚壁がきゅうぅっと締まる。

「僕らの時みたいに、よく舐めて」

「んっ……っ……」

あまりにも拙すぎるせいか強要されたことはないが、ノアが貫いている時にロイが口での愛撫を求めてきたり、またその逆もあったりした。

その時のことを思い出して、黒く艶光りしている淫具を口に含み、舌を絡めて夢中になって舐めているうちに、ふいに口から抜き取られた。

そしてたっぷりと濡れた淫具を、ロイは蜜口に触れるか触れないかという絶妙な位置で固定した。

「押さえててあげるから、僕らがその気になるような自慰をして」

「あ……そんな……」

反り返る淫具が、まるでベッドから生えているように屹立している。

それに跨がり、ノアとロイの前で、淫らに自慰をする姿を見せろと言われているのだ。

「できないとは言わせない」

「なんでもするって言ったもんね。ほらほら、気持ちいいよ」

「あぁん……」

誘うように淫具の先端で蜜口を軽くつつかれたら、もう我慢できなかった。

疼く身体が求めるまま、ロレッタは縛られた手首の紐をたぐり寄せて身体を持ち上げ膝立ちになると、蜜口に淫具を捉えるように腰を揺らし、そして――。

「あっ……あぁっ……っ……あ、は、入っちゃう……！」

媚薬によってすっかり蕩け切っている蜜口は、禍々しく張り出した淫具をゆっくりとだが、あっさりとのみ込んでいった。

「ずいぶんと美味そうにのみ込む」

「本当に。こんなに太いのにあっさり入ったね」

「ぁ……あ……っ……」

可憐なピンク色の蜜口に、黒く艶光りする淫具をのみ込んでいる姿は淫ら以外のなにものでもなく、ノアとロイの目が釘付けになっている。

その視線を感じるだけでも媚壁がひくりと蠢き、まるで淫具にしゃぶりつくように吸いついている。

しかし張り出した先端で隘路を押し広げられただけでは快感を得られず、媚薬を塗り込められた媚壁を擦るように腰をそろりと持ち上げた。

「あっ……あぁ……あ、あん……！」

二人の熱を締めつける時のような心地好さはないが、衰えを知らぬ淫具が媚壁を捏ねる威力は凄まじく、ゆっくりとだが腰を使って上下に抜き挿しをした。

「あぁん！　あっ、あぁ……あっ、あっ、あ……！」

最奥まで迎え入れた途端に、根元から生えている突起が秘玉をざらりと擦り上げるのも気持ちよくて、夢中になって腰を使った。

「あんん……あ、あぁん……あっ、あっ、あ……ぃい……好い……」

突起に秘玉を擦りつけるように腰を淫らに突き出しては、蜜口から淫具が抜ける感覚に背を仰け反らせ、そしてまた深くまで突き上げてくる感触を思う存分味わう。

そんなことを繰り返しているうちに、強い視線を感じてふと顔を上げてみれば、そんなロレッタの痴態をノアとロイがじっくりと眺めていた。

「あぁん……ノアお兄様、ロイお兄様……こんな私を見ないで……」

「そう言いながら腰を動かしているのは誰だ？」

「フフ、美味しそうにしゃぶっちゃって……おとなしい振りをして実は自慰が大好きなロレッタにいい玩具をあげちゃったかな？　僕らより好かったりして」

「違いない」

「いやぁん……あぁ……あん、お兄様方のほうが好ぃ……好いの……あぁん……」

「自慰が好いのか僕らが好いのか、どちらだかわからないよ」

笑う二人に言葉で責められているのがわかるのに、それにも感じてしまい、媚薬に疼く身体を止めることができない。

二人が見ている前で脚を大きく開き、黒い淫具を抜き挿しする自分を想像するだけでも身体が熱くなり、淫らな気分がどんどん高まってきた。

その衝動に突き動かされるがまま腰を使うと、得も言われぬほど気持ちよくなってきて、うっとりとしながらも淫蕩に腰を動かす。

「気持ちよさそうな顔をして……ね、どんな感じ？」

「あん、んっ……すごいの……ずん、ずんってすると……ぁ……一番感じちゃうところがくりくりって擦れて……あぁん、すごぉい……達っちゃうの……いい？　もう達ってもいい？」

双つの乳房をたぷたぷと揺らしながら腰を使い、二人を熱く凝視めて達く許可を取るのは、昔ノアとロイにいやというほど教え込まれたからだ。

今はそんなことはないが、勝手に達くとさらにいじめられていたのもあり、未だに訊く癖が直らずにいる。

そして達く時に決まって幼い口調になってしまうのも、昔からの癖だった。

「あぁん、ノアお兄様、ロイお兄様ぁ……いい？　もう達っちゃう……ロレッタ達っちゃうのぉ……！」

達くのを我慢している姿は、ロレッタが可憐なだけより淫らで、二人は達く寸前に幼くなるロレッタを、目に入れても痛くないというほど愛しげに凝視めている。

その視線にも感じて、腰をびくん、びくん、と淫らに跳ねさせながら、ロレッタは堪らずに身体をぶるりと震わせた。

「ノアお兄様、ロイお兄様ぁ……達く、達くの……ロレッタもう達っちゃうぅ！」

「いいぞ。思い切り淫らに達ってみせろ」

「んふっ……あぁん……あっ、あっ、あぁ、あっ……！」

ノアの許しを得たロレッタは、腰を貪婪《どんらん》に動かしては秘玉を突起に擦りつけ、あとはもう達くことだけしか考えられなくなった。

ずちゃぬちゃと粘ついた音をたてて、黒い淫具がピンク色の蜜口を押し広げては、出たり入ったりする様子をじっくりと眺められている。

わかっていて二人に見られる快感も味わいながら、蕩けるように甘い声をあげていたのだが、その声が次第に高くなっていくのに合わせて、身体が絶頂へと向かうのを感じた。

そして抜け出そうなギリギリのところから、淫具を一気にのみ込んだ瞬間、秘玉も彫刻にくりっと擦られ、目も眩むほどの快感が押し寄せてきて——。

「んやぁあぁぁ……！　あっ……！　あ……っ……！」

ずん、ずん、と何度か腰を落として、媚壁が淫具を吸い上げるような仕草をする度に感じる絶頂を味わい尽くし、身体を仰け反らせた。

その間は息すら止まっていたが、息を吹き返した途端に肩が上下するほどの呼吸を繰り返していると——。

「ぁっ……」

ふと力を抜いた瞬間、黒い淫具が圧力でぬるるっと抜け出ていき、蜜口が可憐に口を閉じていく。

「遊び終わった途端になにも知らなそうにきゅっと閉じちゃって。見て、僕の手ロレッタの蜜でべっとべと」

「いやぁん……」

淫具を押さえていたロイの手は、まるで蜜壺に手を入れてしまったように濡れて光っていて、ロレッタは羞恥に肌を染め上げた。

そんなロレッタの頬にノアとロイは、掠めるようなキスをしてくる。

「最高に美しかった」

「本当に。まさか媚薬があそこまで効くなんてね。また見てみたいかも」

「も、もう充分ですっ……」

媚薬の効果を身を以て知ったばかりのロレッタは、ロイの言葉に慌てて首を振った。

しかしシーツを濡らすほど大量に溢れた愛蜜のおかげか、達した途端に媚薬の疼きはうそのように治まっていた。

そのことにはホッとしたが次第に理性が戻ってくると、今度は縛られたままの状態が気になって落ち着かなくなってきた。

「あの……ノアお兄様、ロイお兄様……」

「なに？」

「自分でしましたし、お仕置きはもうお終《しま》いですよね？　早くこの紐を解いてください」

吊されているとはいえ腕を上げ続けているのにも疲れて願い出たが、ノアに冷たく見下ろされて、びくっと身を竦めた。

「あの……」

「誰がこの程度で仕置きになると言った？　淫らに自慰をして俺達をその気にさせてみろと言っただろう」

「ぁ……」

ノアに頬を優しく包まれながらも恐ろしいことを言われて、恐る恐る見上げた。

とにかく媚薬が効き出してからは、身体の疼きを鎮めることに夢中になってしまって、二人をその気にさせることまで気がまわらなかった。

もしも二人がまだ満足していなければ、また自慰を強要されるのかと思うだけでびくびくしていると、ノアは愉しげにふと微笑んだ。

「安心しろ。今の媚態は想像以上にそそった」

「では……」

ノアの言葉に心からホッとしたのだが、目に入ってきたのはロレッタの目と鼻の先で、トラウザーズを寛げる二人の姿だった。

「ぁ……」

寛げた途端に勢いよくとび出した熱い屹立は、まるで腹に付きそうなほど反り返っていて、二人の昂奮具合がよくわかる。

顔の近くにそそり勃っているせいで二人の脈動が伝わってくるようで、ロレッタは真っ赤になって長い睫毛を伏せた。

「ロレッタがいやらしすぎて、もうこんなだよ」

「早く中へ入りたいところだが……どちらを先に欲しいんだ？」

「そ、そんな……選べません……」

直視することができずに、頬を染めて睫毛を伏せたままでいた。

それに選べと言われたことは初めてで、どちらを選んだものか――。

もしもノアを選んだら、ロイは絶対に拗ねて後々まで根に持ち、ことある毎にロレッタを困らせるに違いない。

かといってロイを選んでも、ノアはなにも言わないだろうが、待たせた分だけ強い情熱をぶつけてくる筈。

それにノアも意外と根に持つタイプで、細かいことをよく覚えているので、もしもロイを選んだら、やはりなにかされそうな気がする。

どちらにしても二人を同等に愛しているロレッタには、どちらも選ぶことなどできない。

「お兄様方を同等に愛している私には選べません。お二人で決めてください」

「ならば仕方ないな、ロイ」

「うん、わかった。ロレッタ、こっち向いて？」

「え……？」

ロイに呼ばれるまま顔を向けた瞬間、目になにかが迫ってきて思わず目を閉じた。

そして目蓋《まぶた》に布の感触を感じたと思った時には、後頭部で布を結ぶ音が聞こえて、自分が目隠しをされたことがわかった。

「ロイお兄様、ノアお兄様、これではなにも見えないわ」

「それでいいんだよ」

「あっ……!?」

ロイの声が聞こえたと同時に、指先が乳首をそっと掠めていった。

「くすぐったいわ、ロイお兄様……」

思わずびくつきながらも抗議したが、ロイは楽しげにクスクス笑うばかりで。

「今のは僕じゃないよ。正解はノア。わからなかった？」

「目を隠されているのですから、わかる訳ありません」

「愛しているならわかるだろう」

「そんな……！」

ノアに断言されたが、目隠しをされた状態で触れられてもわかる訳がなくて絶句した。

しかも愛を盾にしてくるなんて、無理難題もいいところだ。

「愛していてもわからないものはわかりません」

少々強引にことを進めるノアと、言葉巧みに追い上げてくるロイという違いは確かにあることはある。

　しかし目を隠されただけで普段と感覚が違いすぎるうえに、触れてくる感覚だけで判断しろというのは難しすぎて、困った挙げ句にきっぱりと言い切ったのだが――。

「うむ、どうやら愛し足りないようだ」

「だよね。すぐわかりそうなものなのにわからないなんてさ。こうなったらどちらかわかるまでやめてあげない」

「え……あっ……きゃあっ!?」

　どういう訳か、二人のやる気に火をつけてしまったらしい。

　恐ろしいことを言われてびくっと身を竦めていたところで、ふいに背筋をツ、と撫で下ろされたと同時に、双つの乳房を掬い上げるように持ち上げられ、乳首を親指で擦られた。

「あぁっ、あぁあぁん……！」

　目を隠されていると、どちらが触れているかという以前に、いつどこを触れられるかわからないとあって、どこを触れられてもいつもより鋭敏に感じて、猥りがましい悲鳴をあげてしまった。

「フフ、ロレッタってば敏感すぎ」

「そんなに感じるのか？」

「だ、だって……ぁ……お兄様方が優しく触れてくるから……」

ロレッタがびくつく様子が愉しいのか、ノアもロイも触れるか触れないかというギリギリの位置で指を滑らせてくる。

「んっ……ぁ……あぁっ！　あン……んっ……！」

逃げたくても縛り上げられた状態では身体を捩るくらいしかできず、次はどこに触れられるかわからないとあって、いきなり触れられると、どうしてもびくっと大袈裟なほど反応してしまう。

「いやぁん……だめ、だめぇ……あ、あぁん……くすぐったいの……」

「それだけではなさそうだが？」

「あ、ん……それは……」

耳朶をくすぐられては肩を竦め、そうかと思えば脚の付け根や無防備な脇をなんの前触れもなく刺激されているうちに、ノアに指摘されたように、ただくすぐったいだけではなくなっていた。

四本の手に全身をくまなく刺激されているうちに甘く感じるようになってきて、腰が淫らに揺れるのを止められなくなって――。

「あぁっ……あん、お願い……もう意地悪しないでぇ……！」

「意地悪などしていない」

「可愛がってるんじゃないか」

即座に反論されたが、意地悪をされているとしか思えない。

堪らずに身体を淫らに波打たせると、今度は示し合わせたかのように左右の乳房をそれぞれの手に鷲摑みにされた。

「そろそろどちらかわかるようになったか？」

「やぁん……もう、わからない……」

敏感になりすぎて尖りきっている小さな乳首を刺激されて、ロレッタはぶるりと震えた。

右の乳首は円を描くようにじっくりと捏ねられて、左の乳首は摘まみ上げられて、きゅうぅっと引っ張っては離すのを繰り返される。

「んふ……あ、あぁん……左がノアお兄様で右がロイお兄様……？」

乳首を軽く引っ張られる少し強めな愛撫はノアらしく感じて、あたりをつけて答えてみたが、二人がふと笑う気配がした。

「はずれ。それじゃこれは……？」

「あっ、あぁっ……!?」

せつないほど凝った乳首を同時に口の中へちゅるっと吸い込まれて、ロレッタはびくん、と身体を強ばらせた。

その間も右の乳首は舌を焦れったくなるほど優しく絡められ、左の乳首はちゅうぅっと音がたつほど何度も何度も吸われた。

「いやぁん……あん、あぁっ……あん、あっ……ぁ……そんなにいっぱいしたら……！」

乳房には一切触れず、乳首だけを口に含んでまったく違う方法で愛撫されていると、その刺激にばかり意識がいってしまい、胸を反らせた。

すると右の乳首をもっと熱心に舌を使って小刻みにくすぐられ、左の乳首も吸い込まれたまま、舌先で上下に擦り上げられた。

「あぁん……あっ……あぁ……！　ん、んふ……」

もうどちらがノアでどちらがロイか考える余裕もなくなり、ただただ感じ入っていたのだが、そんなロレッタに気づいたらしい二人は、乳首から顔を離して不満そうに息をつく。

「まったく当てる気がないようだな」

「感じてるだけじゃだめだろ。どっちか答えないと」

「で、でも……どちらも気持ちよくて……」

まだ乳首がじんじんと甘く痺れてもう触れられていないのに感じるくらいなのに、二人を当てることなどロレッタにはできそうもなくて、首を横に振った。

「まぁ、ただでさえ感じやすい淫らな身体をしてるからね。でもだめだよ、許さない」

「そんな……あ、あぁっ……！」

残酷なことを言うロイと、ノアの手が同時に秘所へと伸びてきて、ロレッタは腰をびくん、と震わせた。

「フフ、すごく濡れてる……」

「あぁん……だめ、だめぇ……そんなに弄ったらだめなの……！」

「一度盛大に達ってるんだ。この程度の刺激なら耐えられるだろう」

「いやっ……そんなに擦ったら……あん、指を入れちゃだめぇ……！」

　秘裂の濡れ具合を確かめるように陰唇を撫で擦られ、昂奮して包皮から顔を出す秘玉を指先に捉えて撫でられる。

　それだけでもあっという間に達ってしまいそうなのに、指を根元まで一気に埋められて、くちゅくちゅと音がたつほど抜き挿しされる。

「んやぁ……あ、あっ……あぁっ！　だめ、そんなに速くしたら達っちゃう……！」

　秘玉を指先でころころと転がされながら、テンポ良く指を抜き挿しされると、身体があっという間に上り詰めそうになって、腰がびくびくっと突き上がる。

　媚壁を擦る指をひくん、ひくん、と締めつけ、あともう少し秘玉を擦られたら達するというところまで追い込まれたが、そこでふいに秘玉を弄っていた指が滑って、同じように根元まで入り込んできた。

「さぁ、ロレッタ？　今度こそ当ててごらん」

「俺の指のほうが気持ちいいだろう」

「んんっ……あん、あっ、あっ……！」

中へ潜り込んだ指は、まるで競い合うように交互に最奥をつついてくる。

そして一方の指がつついたところでそよがされたかと思うと、もう一方の指は浅い場所をぐるりと掻き混ぜてきて。

「わかった?」

「あぁん、もう……いや、いやぁ……どっちの指も気持ちいいの……気持ちいいから、もう許してぇ……!」

媚壁が限界を訴えるように、二人の指を思い切り締めつけては、もっと奥へと吸い込むような仕草をする。

それに合わせて腰も淫らに揺れてしまい、堪らずに手首を縛っている紐をたぐり寄せて身体を仰け反らせると、競い合っていた指がいつしか同じリズムで最奥をつつき始めた。

「あっ……あぁん、あっ、あ……!」

「仕方ない。今回は許してやろう」

「ロレッタが可愛すぎるせいで、僕らも限界だしね」

「んんっ……」

ようやく許されることがわかってホッとした途端に、二人は指を引き抜いた。

それでも追い上げられていた身体を持て余していると、ほどなくして目隠しを外された。

「あっ……」

ようやく状況を見ることができたが、その時にはロイに脚を担がれ、今まさに貫かれようとしている格好にされて、そして背後にまわったノアには首筋に顔を埋められ、双つの乳房を揉い上げられていた。

「いくよ……」

「あん、待って……待って待って……あっ……っ……あぁ……！」

なんの心構えもできていなかったのに、すっかりほぐれている蜜口は、ロイの熱い先端を押しつけられただけであっさりとのみ込んでいく。

「あぁっ……ぁ……ロイお兄様ぁ……」

「……ッ…」

腰を進められるにつれ、せつなさに身体が仰け反ったが、そんなロレッタをノアが背後から抱き留め、頬に宥めるようなキスをしてくる。

「んっ……」

「好い顔だ、愛している」

「あっ……あぁんっ……！」

ノアに甘いテノールで囁かれ、強ばりかけていた身体が弛緩した瞬間、ロイが一気に押し進んできた。

「ロレッタ……」

「ぁ、ん……ん、ロイお兄様ぁ……」

その甘い衝撃に四肢が痺れて、自らのつま先がぴくん、と跳ねるのをどこか遠くで見ていたが、最奥で留まっているロイがそろりと腰を退いて軽く穿ってくると、つま先と言わず全身が甘く疼いて、ロレッタはぴくん、と反応した。

それからも様子見のようにロイはゆっくりと穿っていたが、ロレッタからせつないのに甘やかな声ばかりあがるようになると、突き上げるように腰を使い始めて——。

「あっ、あっ、あぁ、あん！　あっ……あぁっ……」

「好い声……わかる？　ロレッタが気持ちよさそうに絡みついてくるから、僕も……ものすごく気持ちいい……」

「んぅ……！」

ずくん、と最奥をつつかれると、言われたとおりにロイの灼熱をせつなく締めつけては、媚壁が絡みつくのがわかる。

先ほど媚薬を使われて淫具で極めたものの、硬い淫具では味わえなかった絡みつく感覚と、ロイの脈動が伝わってくるだけでも充分幸せを感じる。

それが身体にも表れて、熱く滾る楔をもっと奥まで取り込むような仕草をすると、息を凝らしたロイは、ロレッタの括れた腰を掴み直して、ずくずくっと掻き混ぜてきた。

「あぁん……それ、好き……」

「これ……？」

「あん、んぅ……あっ、あぁ、あっ、あ……！」

くちゃくちゃと猥りがましい音をたてて掻き混ぜられると堪らなく好くて、最奥までロイが届く度に甘い声をあげて背を仰け反らせると、背後から抱きしめているノアが首筋や耳朶にキスをしながら、身体を撫でてくる。

「あぁっ……んん、んっ……あ、あぁん！」

肌が打つ音がするほど烈しい律動を繰り返されて、乳房がふるふると揺れる。

その感触を愉しむように揉みしだかれ、小さいながらも主張する乳首を指先でくりくりと弄られると、そこからも甘い疼きが湧き上がり、ロイをきゅううっと締めつけてしまう。

「フフ……ノアに乳首を弄られるのも好いんだ？　乳首が感じる度にロレッタの中がきゅうって締めつけてくる……」

「いやぁん……恥ずかしいから言っちゃだめぇ……あ、あん！　ノアお兄様もそんなふうに弄っちゃだめぇ……！」

「ロレッタのだめ、はもっとしてという意味だからな」

「言えてる……ノア、もっとロレッタの乳首とここも弄って……」

ロイのリクエストに応えて、両方の乳首を弄っていたノアは、片方の乳首を弄るのはそのままに、もう片方の手を下ろしていき、昂奮に尖る秘玉をくりくりっと擦りあげてきた。

「あぁっ……あっ、あ……そんなにしたら……！」

「良かったねロレッタ、感じちゃう場所がぜんぶ気持ちよくなって……フフ、ロレッタが最高に感じてるのが伝わってきて僕も……」

気持ちいい、と言いながら、秘玉をじっくりと弄られる度にびくっ、びくっと反応するロレッタを、ロイは烈しく突き上げてきて——。

「あぁん……ぃく……達く、達っちゃう……！　ロイお兄様ぁ……そんなにしたらロレッタ、もう達っちゃう……！」

「いいよ……僕も……ッ……」

限界を訴えた途端に媚壁がせつなく蠢いて、ロイを取り込もうと淫らな収縮を繰り返す。

それがロイにも好いようで、息を凝らしたロイは今までの言葉遊びはやめて、あとは言葉もなくロレッタの中を行き来した。

「あんん……あっ、あっ、あぁん、あっ、あっ、あっ、あぁ……ぃく、達く……！」

ずくずくと最奥をつつかれるだけでも甘く感じるのに、ノアが乳首と秘玉を同時に弄ってくるのもどうしようもなく好くて、身体が絶頂に向かって一気に上り詰めていく。

そして息を弾ませるロイにずん、と深く突き上げられながら、ノアに秘玉をくりっと擦られた瞬間、堪えきれずにロレッタはびくびくっと痙攣しながら達した。

「んやぁあぁ……！　あっ……っ……ぁ……！」

「クッ……ッ……！」

ひくん、ひくん、とロイを思い切り締めつけながら、快感の余韻に浸っていたのだが、それが好かったようで、ロイもまたロレッタの中へ熱い飛沫を浴びせてくる。

そしてぶるりと胴震いして何度も腰を打ち付けられ、断続的に白濁を浴びせられる度に大袈裟なほど反応した。

それからすべてを出し尽くしたロイが出ていくと、ロレッタは息を弾ませて快感の余韻に浸っていたのだが――。

「あ……？」

まだ息も整わないうちに背後にいるノアが蜜口へひたりと先端を擦りつけてきて、ロレッタはびくっとしながらも、恐る恐る振り返った。

するとノアはふと笑い、怯えるロレッタの口唇を塞ぎながら、反り返る灼熱の楔を一気に埋めてきた。

「んっ……んー……！」

まだ絶頂の余韻が残る身体を押し開くように貫かれ、ロレッタは胸を反らせた。

ノアの口唇によって塞がれていたおかげで、猥りがましい悲鳴をあげずに済んだが、最奥まで貫かれた身体は小刻みに震えている。

「ぁ……ん……んふ……や、やぁ……まだ動かないで……」

口唇を振りほどいていやいやと首を振ってはいるが、媚壁は脈動するノアに応えるように包み込んでしまう。

「んっ……っ……」

「一人で感じてちゃだめだろ。ノアも気持ちよくしてあげないと。僕が手伝ってあげる」

「あっ……!?　い、いやぁん……！」

頼んでもいないのにロイはそう言ったかと思うと、乳首を舐めながら秘玉を指先で転がすように撫でてきた。

その瞬間に気持ちよりも先に身体が反応してしまい、中にいるノアをきゅうぅっと締めつけてしまった。

「ロレッタ……ッ……」

「あぁん、だめ、だめぇ……まだ動いたらだめなのぉ……！」

「もう遅い」

耳許で囁かれてぞくん、と肩を竦めている間に、身体が揺さぶられるほど烈しく穿たれて、ロレッタは胸を反らせた。

しかし反らした先にはロイが待ち受けていて、ちゅくちゅくと音がたつほど乳首に吸いつき、ノアが烈しく抜き挿しするのに合わせて秘玉を擦りたててくる。

「あぁっ……あっ、あっ、あぁ、あん……ぃや……いやぁ……もういやぁ……！」

突き上げられながら敏感な箇所をくまなく愛撫されて、もう何度も達して過敏になっている心と身体が悲鳴をあげる。

それでも二人は息の合った調子で、いやいやと首を振るロレッタを追い上げるように責め立ててくる。

「だめ、だめぇ……ノアお兄様ぁ……奥をつついたらだめなの……あぁ、だめって言ってるのに……あん、ロイお兄様もロレッタを弄っちゃやぁ……！」

感じる箇所を刺激する度に口調がどんどん幼くなるロレッタを見て、ノアとロイはしてやったりといった表情でさらに執拗に責め立てる。

「んふ……あぁん、あん、ノアお兄様、ロイお兄様……ロレッタの気持ちいいところを弄らないで……」

「どうしてだ？」

「あぁん、ん……だって、気持ちよくておかしくなっちゃうの……」

優しく囁かれて、ひくん、ひくん、と身体を跳ねさせながら、どうにかなりそうなことを伝えたが、ノアもロイも笑みを浮かべるばかりで。

「おかしくなればいい……」

「おかしくなってもずっと愛してあげる……」

「いやぁん……！　だめ、もうだめぇ……本当に変になっちゃうの。あぁん、ロレッタの気持ちいいところをぜんぶ弄ったらだめぇ……！」

　だめだと言っているのに、ノアは隘路を擦りたてては最奥をつつき、ロイは乳首を指で摘まみ上げ、今度は口で秘玉を愛し始めた。

「あぁ……あ……あっ……あぁ……あー……」

　ずくん、と身体の中で音がするほど烈しく穿たれながら、秘玉をちゅるっと吸い込まれると、頭の中で閃光が走るようで、もう二人のくれる刺激にしか意識が向かなくなった。

「いく……達くの……もうロレッタ達っちゃうの……いい？　達ってもいい？」

　達きそうになりながらも必死に堪え、涙目で見上げるロレッタを、ノアが満足そうに目を細めて凝視めている。

　それにふと微笑み返した瞬間、ロイがちゅうぅっと音をたてて秘玉を吸った。

「いやあぁぁあ……！　あっ……ぁ……吸わないで……達ったの……達っちゃったの……だからもう吸わないでぇ……！」

「……ッ……」

　秘玉を思い切り吸われる度に、媚壁をびくびくっと痙攣させるロレッタに煽られたように、ノアが最奥に白濁を浴びせてくる。

「あんん……あっ……あっ……！」

　それにも感じてさらにびくついていたロレッタだったが、許可を得ずに達してしまったことに罪悪感を感じて、エメラルドグリーンの瞳から涙を溢れさせる。

「達っちゃった……ノアお兄様にお返事してもらう前に、ロレッタ達っちゃったの……ごめんなさい……達っちゃったけど、いじめないで……」

「ロイのせいだから、可愛いロレッタをいじめたりしない」

「……本当に？」

「あぁ、本当だ」

まるで子供のようにしゃくり上げていたロレッタは、ノアの言葉を聞いてふわりと微笑んだかと思うと、そのままふと目を閉じた。

「気を失った。やりすぎだぞ、ロイ」

「でも好かっただろ。少しずつ昔に戻る瞬間が堪らなく可愛いよね、僕らのロレッタは」

「んっ……っ……」

身体からノアが抜け出ていく感触にぞくりとしたが、疲れ切っているロレッタは僅かに反応しただけで目を閉じていた。

「もう俺達なしではいられない身体になったようだし、そろそろ動くか」

「そうだね、僕らの理想の為に」

ノアとロイが笑う気配はわかったが、それよりも強い眠気に襲われて、ロレッタは吊し上げられた格好のまま、苦悶の表情を浮かべつつ深い眠りに就いた。

†第五章　夢と現《うつつ》と†

その日はとても天気が良く、気持ちのいい風が吹き抜けて、くすみがちなロンドンの空も珍しく抜けるように青く見えた。

咲き誇る薔薇もまるで庭へ誘うように風に揺られて、甘い香りを屋敷にまで運んでくる。

「ご覧になっているだけでなく、散策へ出られたらいかがですか？」

ノアとロイの紅茶メーカー『ロティローズ』のブレンドティーの中でも、『ロティローズ』の名が付いた薔薇の紅茶と共に、大好物のレモンパイを運んできたロバートを振り返り、ロレッタは警戒に身を固くした。

「スパイの真似事は二度といたしませんので、そろそろお許しください」

「別に怒ってないわ」

と言いつつも口唇を尖らせるロレッタに、ポーカーフェイスが常のロバートも少々困った顔をしていたが、知ったことではない。

「ジェフを本当に解雇していないのね？」

「屋敷に仕える使用人の雇用についてはノア様が取り仕切っております」

「……ノアお兄様に訊けないからロバートに訊いているのに」

まったく返答になっていない返事を聞いて、ロレッタはため息をついた。

あのお仕置きをされた翌日、妖しい媚薬を使われたせいかロレッタは発熱してしまった。

そして養生すること十日、ようやく本調子を取り戻したというのに、ジェフの名を口にして、また嫉妬をしたノアとロイに身体を苛まれるのだけは避けたいところだった。

「庭師見習いがそんなに気になるのですか？」

「勘違いしないで。私のせいで解雇されていたらと思うと申し訳ないだけよ」

ロバートがまた変な勘ぐりをしないように釘を刺して、ロレッタはティーテーブルに着き、深いため息をついた。

もしもジェフが解雇されていたら、理由は一切明かされずに放り出されているに違いなく、いきなり職をなくして困っているかもしれない。

それにロレッタと同じくらいこの屋敷の庭を愛していたのに、訳もわからず解雇されていたら、きっとがっかりしている筈だ。

そう思うと申し訳なくて、ジェフの身の上がとにかく心配で、大好物のレモンパイと大好きな『ロティローズ』を前にしても手を付ける気にもなれずにいると、ティールームの扉がふいに開き、可愛らしいラッピング袋を手にしたロイが近づいてきた。

「あ、ラッキー。ティータイムに間に合って良かった。はい、お土産」

「ロイお兄様？　お仕事はいかがされたんです？」

思わず受け取ってみれば、それはロレッタが大好きだった高級菓子店のクッキーが入っているラッピング袋だった。

「仕事で近くまで来たから抜けてきた。ロレッタが好きなクッキーを買ってきたのは、家に寄る為の口実じゃないからね？」

悪戯っぽく言うロイを見て、ロレッタはクスッと笑ってしまった。

それではわざわざロレッタの為に、大好きだったクッキーを買ってきたのだと言っているようなものだ。

「どうもありがとうございます、ロイお兄様」

「お礼はここがいいな？」

自分の頬を指さすロイが、期待に満ちた目でロレッタを見てくる。

態度は違うが、以前ノアも似たような要求をしてきたことを考えると、やはり兄弟だと思えて、ロレッタはクスクス笑いながらも頬にチュッとキスをした。

「これでいいですか？」

おずおずと見上げると、ロイは満足そうに微笑んでロレッタの腰を引き寄せた。

「きゃっ……!?」

咄嗟に抱きついて胸の中で小さくなるロレッタの髪に、ロイはチュッとキスをしてくる。

「あとひとつだけお願い聞いてほしいんだけど」

「なんですか……?」

ノアほど逞しい訳ではないが、筋肉が適度についてしなやかな身体をしているロイは、それでも大人の男性だけあって、ロレッタをすっぽりと包み込むだけの包容力がある。

そんなロイに抱き込まれて、ドキドキしながらもロレッタは首を傾げた。

「実は結婚式のレセプションで配る紅茶を大量注文してくれる話が来てね。これからとある伯爵家へ訪問するから、お祝いに庭の薔薇を贈りたいんだ」

しかし薔薇にはまったく興味のないロイは、庭に咲いている薔薇の善し悪しがわからないとあって、ロレッタに選んで欲しいのだと言う。

「婚約されているカップルに薔薇を贈るなんて、とても素敵なアイデアだと思います」

「じゃあロレッタが選んでくれる?」

「私で良ければ喜んで」

にっこりと微笑みながら、ロレッタは張り切って請け負った。

最初はなにを要求されるのかと思ったが、結婚を控えたカップルの為を思うロイの手伝いができるなんて、とても嬉しい。

「良かった。それじゃ、さっそく庭へ行こう。あぁ、ロバート。肌寒かったからブランケットと、薔薇を摘む用意を」

一礼したロバートは、それからすぐに薔薇を摘む為の用意を調えて戻ってきた。

「お待たせいたしました。犬にはくれぐれもご用心を」

「……犬？」

「最近、庭に犬が忍び込んでるようなんだよね。でも大丈夫、僕が守ってあげるから」

なんだか不安に思ったものの、ロイがにっこりと請け負ってくれてロレッタも微笑んだ。

「ありがとうございます。ところでロイお兄様、新婦は何色が好みかご存じですか？」

ロイが羽織らせてくれたブランケットを胸元で押さえつつ、ロレッタはまるで自分のことのようにウキウキした気分で、肩を抱くロイを見上げた。

しかしロレッタに任せただけあって、ロイはそこまで考えがまわらなかったらしい。

「わかりました。でしたらピンク系の薔薇はいかがですか？」

「いいね、できれば淡いピンクがいいな」

「淡いピンクですね、任せてください」

庭師が丹誠込めて作り込んだ庭で、淡いピンクの薔薇が植えられているのは、門扉側ではなく屋敷に近い薔薇の植え込みだ。

といっても屋敷から薔薇の植え込みまでの距離はそれなりにあって、緑の茂みで囲まれた小径をロレッタが先導する形で歩いていく。

「こんな茂みの奥に薔薇が植えられてたっけ？」

「茂みを過ぎたら、素晴らしい光景が広がってます。ほら、もう薔薇の香りがします」

生まれた時から住んでいるロイではなく、ロレッタのほうが庭を熟知している点がおかしいが、それでもこの庭の素晴らしさをロイにも改めて知ってもらいたかった。

「ほら、見えてきました。どうです、綺麗でしょう？」

「本当だ。コモン・モスの薔薇園を造らせたけど、この場所もいいね」

「ここだけではなく、薔薇の生えている場所は、どこも計算され尽くされていて、とても素敵なんですよ」

ロイが感心したように言うのを聞いて、庭師の手柄だというのに、ロレッタはまるで自分が褒められているように嬉しくなった。

「それで、ロレッタがイメージしてる淡いピンクの薔薇は？」

「こちらです」

薔薇の植え込みに沿って少し歩き、小手毬の茂みの奥にある薔薇の植え込みが、ロレッタの目指していた薔薇の在処《ありか》だ。

「こちらの薔薇でいかがですか？　こちらはセレスティアルという名の薔薇で、黄色い雄しべが見えるのが特徴です。香りもいいですし、プレゼントにぴったりだと」

幾重もの花びらに包まれたライトピンクの薔薇に触れながら、ロレッタが説明するのを聞いていたロイだったが、今ひとつといった表情をする。

「僕のイメージする淡いピンクの薔薇じゃないな。それよりこっちの薔薇は？」

「エンブレス・ジセフィーヌですね。こちらもいい香りですし、棘も少ないのでプレゼント向きかもしれ……ロイお兄様？」

説明をしている途中で背後から抱きしめられて、ロレッタは戸惑いながらも振り返った。

しかしロイは首筋に顔を埋め、ロレッタをギュッと抱きしめたままでいて。

「続けて」

「は、はぃ……あの、大輪なのでブーケにしたらとても華やかですし、なによりこのピンクが素敵で、花びらの外側に向かって徐々に淡く……聞いてますか、ロイお兄様？」

抱きしめている両手が身体を撫でてくるのに慌てて、注意を促すように声をかけたが、ロイは首筋にチュッとキスをしてくる。

「ちゃんと聞いてるってば」

「もっときちんと聞いてくださぃ……」

またくちづけられたのがくすぐったくて、ロレッタは腕の中から逃れようとしたが、ロイの腕が緩むことはなかった。

そのうえ首筋に顔を埋められたままでは振り返ることすら難しくなった。

それになんだか身体を通して伝わってくるロイの雰囲気が、甘さを含んでいる気がして、迂闊に動けずにいたのだが——。

「つまり中心へいくほど濃いピンクになるんだろ?」

「……そうです。ですが中心のピンクも慎ましやかな淡いピンクで、まさに……あっ!?」

説明をしている間に、抱きしめている手にドレスの胸元を思い切り引き下げられ、その途端に双つの乳房が躍るように弾み出てしまった。

「まさにロレッタの乳首の色と同じで、すっごく気に入った」

「ロ、ロイお兄様っ……離して、こんな格好いやっ!」

屋敷の庭とはいえこんなに開放的な屋外で、乳房だけを曝しているのが恥ずかしくて、ロレッタは身体を捩るようにして逃れようとしたが、ロイの腕が緩むことはない。

それどころかロイは薔薇から花びらを一枚摘んで、外気に触れてぷっくりと尖る乳首に花びらを寄せてくる。

「ほら、思ったとおり同じ色をしてる。僕の理想どおりの慎ましやかで淡いピンク」

「あっ……っ……」

指にのせた花びらで、同じ色の乳首をそっと撫でられた瞬間、まるで天鵞絨《ビロード》のようになめらかな花びらの感触が伝わってきて、ロレッタはぞくん、と感じてしまった。

「フフ、ロレッタの可愛い乳首は花びらが気に入ったみたいだね」

「あぁん……やめて、ロイお兄様……」

花びらで乳首をそっと撫でられる度に、ぴくん、ぴくん、と反応していると、ロイは花びらで遊ぶだけでは飽き足らず、双つの乳房を揉みしだきながら、凝り始めた乳首を指先でくりくりと弄り始めた。

「ロレッタの乳首はコリコリしているのに指先で弄ると柔らかくて、花びらより可愛い」

「あっ……あぁ……あん、そんな……」

恥ずかしいことを言われているのに、指先でくりくりと弄られてしまうと、乳首が痛いほど凝り始めてせつないくらいになってきた。

思わず胸を反らせた途端、ロイは凝りきった乳首をほぐすように何度も摘まんでくる。

「あぁん……ぁ……あん、ロイお兄様ぁ……」

「気持ちいいんだ？　すごく好い顔になってきた……」

耳朶に口唇を寄せながらクスッと笑われたが、それにも感じてうっとりとしかけたものの、ふと視線を向ければそこは広大な庭。

薔薇の植え込みと小手毬の茂みに囲われてはいるが、いつ誰が見ているかわからないことをもう知っているロレッタは、ハッと我に返って首をいやいやと振った。

「いや、いやです、ロイお兄様……お願い、もうやめて……」

「乳房だけ出しているのはいや？」

「あ、当たり前です……」

きっちりと着込んでいたドレスから、乳房だけを出している淫らすぎる格好にされているのに、嬉しい訳がない。

しかしロイは首筋に顔を埋めたまま、乳房を揉みしだいては乳首をくりくりと弄るのをやめずにいて——。

「ならばぜんぶ脱ごうか」

「なっ……!?　あ、きゃあっ！」

平然と言い放たれた言葉に唖然としているうちに、乱れたドレスのボタンを次々と外されていき、ハッと気がついた時には袖を抜かれて、一糸纏わぬ姿にされていた。

「ロイお兄様、寒いわ。ドレスを返して……」

「だめ。返すのは僕と仲良くしてからね。それに僕もロレッタを独占したいし。実は薔薇を贈るのも口実だったりして」

「そんな……！」

悪びれた様子もなく真実を明かすロイの悪戯っぽい表情を見て、ロレッタはただでさえ大きな瞳を見開いた。

せっかく覚えた薔薇の知識が役立って、幸せの手伝いができると思って張り切っていたのに、実は身体が目的で庭へ連れ出した挙げ句に、全裸にするなんて。

「ひどいわ、ロイお兄様なんて知らない……」

「僕は大好き。さぁ、僕ともっと気持ちいいことをしようね」

詰《なじ》ってみてもまったく通用せず、恐ろしいことを言うロイにギュッと抱きしめられた。

「ロイお兄様……」

困り果てて名を呼んだが、思いのほか力強い腕から、ロイの本気が伝わってくる。

しかし一糸纏わぬ姿では逃げようにも逃げることもできず、ロレッタが諦めて身体の力を抜くと、ロイはクスクス笑いながら首筋にチュッとキスをしてきた。

「ようやくその気になったみたいだね。十日ぶりだから本当はロレッタも期待してた？」

「ち、違います……」

あまりの言われように否定をしたが、ロイは楽しげに笑いながらドレスを脱がされた拍子に落ちたブランケットを拾い上げ、綺麗に刈り込まれた芝生の絨毯へ広げた。

「遠慮しなくていいのに。でもあの日と同じように、ロレッタが訳がわからなくなって泣いちゃうくらい気持ちよくしてあげる」

「……っ…」

さらに恐ろしい宣言をされてしまって、咄嗟になにも言い返せずに固まっているうちに、ロイは頬にチュッとキスをしたかと思うと、まるで掬うように抱き上げてきた。

「きゃっ……!?」

咄嗟に首へ摑まって目を閉じていると、上質なコットンと、その下に生えている芝生の感触を背中に感じた。

恐る恐る目を開いてみれば、目の中いっぱいに青い空が広がっていて、ここが外だということを否が応でも意識させられて、さんざん弄られた乳首がツン、と尖るのがわかった。

「なんだかんだ言ってロレッタも外でするの気に入ってるみたいだね」

「そんなことありません……」

目敏く乳首が尖る瞬間を見ていたロイが楽しげに言うのが恥ずかしくて、長い睫毛を伏せていたのだが、微風とロイの視線に曝されている身体は、肌寒さを感じるどころか羞恥にどんどん火照ってくるばかりで。

「陽射しを浴びてるせいかな？　肌がいつもより健康的に見えて綺麗だよ」

「んっ……ぃや……」

ロイが余すところなく凝視めているのがわかって、ロレッタは目を閉じて火照った顔をブランケットに押しつけた。

しかしその途端に芝生の青い香りがして、ここが屋外だということを余計に意識した。

屋敷の庭とはいえ、誰が見ているかわからない状況で無防備に肌を曝している。

そしてロイにそういう意味で凝視められていると思うだけで、身体がぞくぞくっと震えてしまって、思わず脚に力を込めた時だった。

「あぁっ……だ、だめぇ……！」

膝裏に手を差し込まれて、ブランケットに膝がついてしまうほど大きく開かれた。

ぱっくりと開かれた秘所に風を感じるだけでも、恥ずかしさにひくりと反応すると、ロイがため息ともつかない息をつく。

「外で裸なのが恥ずかしかった？」

「や……」

「乳首をちょっと弄っただけなのに、もうこんなにいやらしい蜜を溢れさせたんだ。太陽を浴びてキラキラ光ってる」

「いやぁ……！」

ロイの言葉に耐えきれずに、ロレッタはとうとう顔を覆い隠した。

それでも秘所にロイの視線を感じて、いやな筈なのに濡れた陰唇や蜜口がひくん、と反応しては、また新たな愛蜜を溢れさせてしまう。

「あぁ、また溢れてきた。わかる？　糸が引くほどたらしちゃって……すごくいやらしくて可愛いね」

「いやぁん……ロイお兄様、もう変なこと言わないでぇ……」

「変なことなんて言ってないじゃないか。本当のことを言ってるだけだろ。それを恥ずかしく感じてもっと濡らしちゃうなんて、ロレッタってば本当に淫乱」

クスクス笑われてしまい、ロレッタはこれ以上ないほど真っ赤になった。

言葉と視線で辱められているだけなのに、淫らな身体はロレッタの心を裏切り、愛蜜をあとからあとから溢れさせる。

これではいくら否定したところで、ロイが言うとおりとんでもない淫乱だ。

「もういや……お願い、ロイお兄様……もうやめて……」

「まだなにもしてないのに、なにをやめるのさ」

自分の淫らさに気づかされただけでも充分なのに、ロイは楽しげにクスクス笑う。

それが余計に恥ずかしくて、触れられてもいない素肌がピリピリと甘く痺れてきた。

「んっ……っ……」

その疼くような痺れを敏感に感じ取ってしまい、堪らずに身体をもぞりと動かした瞬間、まるでその時を待っていたように、ロイが身体をさらに寄せてきた気配を感じた。

顔を覆い隠していた手を恐る恐る外してみれば、ロイは濡れた秘所を間近でまじまじと眺めていて——。

「いやぁ……！」

あまりの羞恥に腰を捩りながら脚を閉じようとしたが、それを察したロイにもっと大きく開かれてしまった。

「恥ずかしいのが大好きなくせに、なにをいやがってるのさ。フフ、ひくひくさせて誘うなんて悪い子だね。でも、すごく可愛いから、僕がいっぱい愛してあげる……」

「あっ……？　や、あっ……い、いやあぁん……っ！」

フッと息を吹きかけられたかと思った次の瞬間、ざらついた舌先で蜜口をつつくように舐められて、ロレッタはつい猥りがましい悲鳴をあげてしまった。

ハッと気づいて慌てて口を覆ったが、その間もロイは構わずに、ひくりと反応を返す蜜口をじっくりと舐めてくる。

「ん、んやぁ……そんなふうに舐めたらだめぇ……」

舌先がきゅっと閉じている蜜口を、焦れったくなるほどゆっくりと円を描くように舐めてくるのが堪らなく好すぎて、腰から下がバターのように溶けてしまいそうになった。

それを知ってか知らずか、ロイはさらに脚を開いて、ひくりと収縮を繰り返す蜜口の中にまで舌を挿し込んでくる。

「あぁん、あっ、あっ、あぁん……」

柔らかな舌がちろちろと出たり入ったりする度に、感じきった声をあげて腰を淫らにひくつかせていると、ロイは蜜口の中をぐるりと舐めてから陰唇をそっと舐め上げてきた。

「ぁ……あぁ……あん、ん……ロイお兄様ぁ……」

陰唇の形を確かめるように舌をひらめかせては、ゆっくりと舐め上げられる感触を追うだけで、その先にある秘玉が舐められることを期待して、ツン、と尖ってしまう。

その様子を間近で見ていたロイがふと笑う気配がしたが、もう羞恥を感じるより、舐められる瞬間を心待ちにしている自分がいて——。

「んふ……ぁん……ロイお兄様ぁ……」

心も身体も快楽の虜になったロレッタは、ロイが舐めやすいように腰を淫らに突き上げては、甘えた声をあげながらロイの髪に指を絡めて、その時を待った。

昂奮に尖る秘玉は、期待に包皮から顔を僅かに覗かせて、ロイの舌を待ち焦がれている。

「あぁん……ぁ……」

しかしロイはわかっていながら、ぷっくりと膨らむ秘玉へ届きそうになると、舌先で陰唇を舐め下ろしていくのだ。

「いや、いやぁ……ロイお兄様ぁ、んふ、もう意地悪しないでぇ……」

蜜口をほぐすように舐められるのも気持ちいいが、欲しいのは秘玉への刺激だ。

あまりのもどかしさに堪らなくなったロレッタは、腰を淫らに振りたてた。

「んやぁ……違うの、違うの……そこじゃないのぉ……あぁん、ロイお兄様ぁ……」

髪に指を埋めて腰をがくがくと振りたてるが、ロレッタが淫らになればなるほど、ロイは焦らして蜜口や陰唇ばかりを舐めてくる。

そのおかげで秘所は濡れに濡れて、ロイの舌がひらめく度にぴちゃくちゃと粘ついた音がたつほどになってしまった。

「いやぁん……違うの、もっと舐めてぇ……！」

それでも秘玉を舐めてもらえないのが焦れったすぎて、ロレッタは腰を淫らに突き上げたままねだった。

するとそれを待っていたのだというように、ロイは陰唇をゆっくりと舐め上げていき、期待に打ち震える秘玉を舌先でざらりと舐めた。

「あぁん……あっ、あんん……んっ……ぃい……好いの、そこが好いのぉ……」

待ち焦がれていた舌が秘玉をころころと転がすのが堪らなく好くて、蕩け切った声をあげて、ロレッタは舌の動きに合わせるように腰を淫らに波打たせる。

するともっと気持ちよくなれて、身体が絶頂に向かって上り詰めていくように、徐々に強ばり始めた。

秘玉をざらりと舐め上げられる度に、身体がひくん、ひくん、と大袈裟なほど反応するようになり、感じすぎて訳がわからなくなったロレッタはロイの髪を掻き混ぜた。

「あぁん、ロイお兄様ぁ……ぃく……達くの……ロレッタ達っちゃうの……いい？　ねぇ、達ってもいい？　あぁん、もう我慢できないの……」

ぷるぷる震えながらも許可を得ようと必死になるロレッタを見上げたロイは、秘玉をちゅるっと口の中へ吸い込んだ。

「あぁん……！　もうだめぇ……！」

まるで達ってもいいと言うように思い切り吸い上げられた瞬間、堪らない愉悦が全身を駆け巡り、腰がびくびくっと痙攣した。

そして――。

「んやあぁぁん……んっ……！　んっ……！」

ちゅうぅっと音をたてて何度も何度も吸われる度に、頭の中が真っ白になるほどの絶頂が訪れて、ロレッタは吸われる度に腰を突き上げながら達してしまった。

そしてもうこれ以上の刺激を受け止められず、腰をがくりと落として、全身で呼吸をしながら快感の余韻に浸っていると、脚の付け根に残るキスマークを上書きするように、ロイはまたそこを吸い上げてくる。

「んふ……ん……」

つきん、とした痛みを感じたものの、すぐに熱く感じるキスを諾々と受け容れていると、キスマークを濃くすることに成功したらしいロイは、満足げにそこを撫でてくる。

「あん、くすぐったぃ……」

今はどこを触れられても敏感になっていて、身体を捩って横向きになり、悪戯に触れてくるロイから逃れようとした時だった。

「え……？」

近くにある小手毬の茂みが僅かに揺れた気がして注目していると、ロイが頬にチュッとキスをしてきた。

「どうかした？」

「今、そこの茂みが揺れた気がして……」

「あぁ、ほら犬が迷い込んでいるから、きっと犬じゃないかな？」

ロイは特に気にした様子もなく、頬に何度もキスを落としてくる。

もしかしたら誰かが覗いているのではないかと心配になったが、微かな音だったし、ロレッタの気にしすぎかもしれない。

なによりロイとロバートが庭に犬が迷い込んでいると言っていたし、気にし始めたらキリがない。

「フフ、ロレッタの放つこの淫らな蜜の香りに誘われて、犬も興奮して近寄ってきたのかもしれないよ？　ほら、犬にロレッタの恥ずかしい所を見せてあげよう」

「いやん……変なこと言っちゃいや……」

くちゃっと音をたてながら秘所を大きく開かれて、ロレッタはぞくん、と身を竦めた。

それからロイは高く持ち上げた片脚を肩に担ぎ、蜜口をほぐすように掻き混ぜてきて、ロレッタもいつしかそれに感じ入り、犬のことなど気にする余裕もなくなった。

「あん、あぁ……あっ、あぁ……そんなにつついたら、また……」

「フフ、また達っちゃいそう?」

「う、ん……あっ、あぁっ……もう指で掻き混ぜたらだめぇ……」

舌でさんざんほぐされた蜜口は、指での刺激だけでもあっという間に達ってしまいそうなほど蕩け切っていた。

このまま指で達かされたらまたどうにかなってしまいそうで、首をふるふると振って刺激に耐えていると、ロイがトラウザーズを寛げる音がした。

そして横向きに寝そべって地面に接しているほうの脚を跨ぎ、もう一方の脚を担ぎ上げた状態で、熱く反り返る楔を蜜口にひたりと押しつけて。

「あん……ロイお兄様、この格好恥ずかしい……」

「そんなことないよ、ロレッタのすべてが見えてすっごく好い……」

「あっ……っ……ぁ……」

ゆっくりと押し入ってくる熱い塊を、蕩けた蜜口が迎え入れていく。

そしてロイが押し進んでくる毎に身体がどんどん密着して、肩に担がれている脚が折れ曲がり、秘所がさらに大きく開くのを感じた。

そこをロイの熱い楔がどんどん入り込んできて、気がつけばいつもよりも奥深くまでロイが入り込んでいるのを感じた。

「あン……ふ、深い……」

思わず口走って横向きになっている身体を仰け反らせると、真上から見下ろしているロイがクスッと笑った。

そして最奥をずくん、と突いては、くちゃくちゃと淫らな音をたてて掻き混ぜてくる。

「いつもより深くて好いんだ？」

「あっ、あっ……あぁ、あん……ぃい……好いです……」

「美味しそうにしゃぶって……ッ……僕もすごく好い……」

ため息交じりに言ったかと思うと、ロイはゆっくりと抜け出ていく素振りをする。

すると媚壁が絡みついて、ロイを離さないとばかりに締めつけてしまう。

「あぁ……ぁ……あ、あぁんっ！」

狭くなった中をまた一気に奥まで突き上げられると、胸の中いっぱいに感じていたせつなさが、次第に甘く蕩けるような感覚にすり替わっていく。

そして何度も何度も突き上げられているうちに、胸の中といわず四肢まで甘く痺れてくるのだが、その瞬間が堪らなく好い。

「好い顔……ッ……」

「あぁん……あっ、あっ、あぁ、あっ……！」

ひとつになっているせいか、ロイにも気持ちが伝わっているのが嬉しくて僅かに微笑むと、中にいるロイがびくびくっと反応した。

「あぁっ……！」

その拍子に最奥を擦られて思わず身を固くすると、長い息をついたロイがロレッタを軽く睨んでくる。

「まいったな……この体位でその顔、反則……」

「いやぁん……あ、あっ、あぁん……あっ……そ、そんなに揺すっちゃ……！」

「無理。もうセーブできない……」

肩に担がれている脚を摑まれて、ずちゃぬちゃと粘ついた音をたてながらロイが速い抜き挿しを繰り出してきて、ロレッタも堪らずにブランケットに縋りついた。

なにかに縋っていないと、どこかへ吹き飛ばされてしまいそうで。

それに脚を大きく開かれて、いつもより無防備な秘所を、ロイの灼熱が出たり入ったりする感じがものすごくよくわかる。

それが恥ずかしいのに身体が熱く燻るように火照り始めて、ロイが突き上げてくるのに合わせてロレッタは蕩け切った声をあげた。

「あは……ん、んふ……あっ、あぁ、あん、あぁ、あっ……！」

「堪らないって声だね……ッ……ねぇ、ロレッタ？　気持ちいい？」

「んぅ……ぃい……気持ちいい……好ぃ……あぁん、好いの……」

腰を押しつけられながら突かれるのが堪らなく好ぃ。

しかも気持ちいいことを口にするとそれがさらに好くなって、ロレッタも夢中になって腰を合わせた。

「フフ、本当に気持ちよさそうだね……ね、僕のことは好き？」

「あン……好き、ロイお兄様のことも大好き……」

熱に浮かされたように見上げて素直に答えると、ロイは息を凝らしながらも嬉しそうににっこりと笑った。

「僕も大好き。ねぇ、僕がどうするとロレッタは気持ちいいの？　教えて……」

「あぁん……あん、あっ……ロイお兄様が……あん、ロレッタの中をずん、ずんってするのが好いの……」

「……こうやって？」

肌を打つ音がするほど烈しく突き上げられて、ロレッタは堪らずに身体を反らせた。

「そ、それ……そうやってずん、ずんってするのが好いのぉ……」

双つの乳房がふるふると揺れるほど烈しい抜き挿しをされるのが、ものすごく好い。

素直に認めて突き上げられる感覚を追うと、もっと好くなってきて身体が燃え立つように熱くなってきた。

「あとはどんなのが好い……？」

「あぁん……ロイお兄様がロレッタの中を出たり入ったりするのが好いのぉ……」

淫らなことを口にした途端、ロイがそのとおりに抜き挿しをする。

するとその奥から焦げつくように甘い感じが湧き上がってきて、それと同時に絶頂の予感が少しずつ近づいてくる感覚がした。

それでもロイはまだ衰えを知らず、ロレッタの中を掻き混ぜてくる。

「あん、そんなにがくがくってしたら達っちゃう……」

「うん、ロレッタの中がすっごくびくびくってしてる……」

「いやぁん……だめ、だめぇ……そんなふうにしたらだめぇ……！」

だめだと言いながらもロイの烈しい腰使いに、ロレッタの腰も淫らに躍ってしまうのを止められない。

きっとロイからは、ふるふると揺れる乳房や、無防備に開いている秘所がどんなふうに自らをのみ込んでいるのかが、よく見えている筈。

それがわかっているのに淫らに躍る身体を止められず、烈しく挑まれれば挑まれるだけ、しっかり応えてしまう。

「すごいな……今日のロレッタってば本当に積極的……やっぱり外でして大正解」

「いやぁ……違うの、この格好のせいだもの……あぁん、お外でするの恥ずかしい……」

「とか言いながらその腰の動き……堪らないな……」

「あぁん……あっ、あぁ、あっ、あ……！」

ずくん、と何度も突き上げられて、最奥を擦られる度に甘い声が洩れてしまう。

しかも腰を使われると、その甘い声がどんどん高くなってしまって。

「いやぁん……ロイお兄様、そんなに突いちゃいやぁ……！　そんなにいっぱいされたらロレッタもう達っちゃうっ……！」

「僕も達きそう……」

「あは……あん、んんっ……ぃ、く……達く……あぁん、ロイお兄様ぁ……達く……達く、達っちゃう……！」

ロレッタが口走るとそれに呼応するように、ロイはさらに烈しく穿ち始めた。

ちゃぷちゃぷちゃぷ、と粘ついた水音がするほどの烈しすぎる律動が好くて、身体が燃え立つように熱くなってきた。

もうどこからが自分で、どこまでがロイかわからないほどの一体感に、身体が甘く蕩けていくようで、担がれている脚も、つま先まで張り詰めていき、そして――。

「あ、あぁ。あっ……あ、や……や、やあぁぁあん……！」

密着したままがくがくっと最奥を突き上げられた瞬間、堪らないほどの悦楽が湧き上がってきて、ロレッタは身体を強ばらせながら達してしまった。

そしてほぼ同時にロイもロレッタの中で遂げて、最奥に熱い白濁を浴びせてくる。

「んっ……んふ……っ……」

腰を密着させながら突き上げられるのにロレッタも腰を合わせると、ロイはその度に胴震いをしながら、最奥へ熱い飛沫を打ち付けるように浴びせてから、ロレッタの中から出ていった。

「あぁん……っ……」

抜け出ていく感触にもぞくりと感じてしまったが、ロイが担いでいた脚を下ろした途端に腰から力が抜けてしまって、ロレッタはブランケットに寝転んだまま息を弾ませ、キスを求めるようにロイを見上げた。

「愛してる、ロレッタ……」

「ぁん……んふ……ん、ぁ……ロ、ロイお兄様……？」

「続きはあとでね。その前に……」

ロレッタに応えてバードキスをしてくれたが、ロイがおもむろに懐から拳銃を取り出すのを見て、ロレッタは驚きに目を見開いた。

「なに……どうされたの……？」

「うん。まだ犬が近くにいるみたいだから。僕らを……いや、僕の愛するロレッタの乱れる姿を覗いて、腰を振る躾《しつけ》のなってない犬は始末しないと」

にっこりと笑うロイから本気が伝わってきて、ロレッタは慌ててロイの腕を摑んだ。

「いくら躾がなっていなくても、この庭で犬を殺すだなんていやです。この庭は綺麗なままにしておきたいんです」

大好きなこの庭が穢れるのがいやで必死になって凝視めると、ロレッタの気持ちが伝わったようで、覆い被さってきたロイが口唇にチュッとキスをしてきた。

「僕の愛するロレッタは優しいね。でも、もうわかっただろう？　そろそろ飼い主の所へ戻らないと……」

犬に言葉が通じる訳がないのに、ロイはまるで話しかけるように言う。

そして拳銃を構えた瞬間、ロイの殺気を読み取ったのか、小手毬の茂みががさがさっと揺れる音が聞こえた。

「きゃあっ！」

そのことに驚いて思わず悲鳴をあげたが、それきり茂みが鳴ることはなく、気配を探っても穏やかな微風が吹き抜けるだけで——。

「ふぅ、ようやく逃げたみたいだね」

「犬がずっといたなんて……どうして教えてくださらなかったのですか？」

気味が悪くて少し恨めしげに口唇を尖らせると、ロイはにっこりと笑って、チュッとバードキスをしてくる。

そしてなんの悪びれもなく——。

「だって犬がロレッタのことを覗いて腰振ってるよ、なんて言ったら、ロレッタってば感じすぎて、すぐに達っちゃうかと思って」

「そんなことありませんっ！　もうドレスを返してくださいっ！」

あまりの言われように怒ったロレッタは、ドレスを奪い返そうとした。

しかしロイはそれをひょい、と避けて、またロレッタに覆い被さる。

「……ロイお兄様？　あの……」

良くない予感に恐る恐る声をかけると、ロイはそれはもうにっこりと微笑んで、また
チュッとキスをしてきた。

「続きはあとでって言っただろ。今度こそ邪魔は入らないから、思い切り愛し合おう……」

「ちょっ……も、もう充分ですっ！」

雰囲気を出して迫られたが、ロレッタは慌てて身体を捩って力の限りに抵抗をした。

「これ以上したら嫌いになっちゃいますからね！」

「ちぇっ、もっとロレッタを独占したいのに……けど嫌われたくないから、我慢する」

拗ねた顔をしていたものの、思い止まってくれたことにホッとしていると、ロイはまた
顔を寄せてきて――。

「我慢するから、ロレッタからキスして」

甘えるように言われてしまい、ロレッタはさんざん迷ったものの、辺りをきょろきょろ
見まわし、キス待ち顔のロイにチュッとキスをしたのだった。

オーブンからバターの焦げるいい香りが漂ってきて、焼き具合を確かめたロレッタは、さっそくオーブンミトンを着けた。

そして料理長が開いてくれたオーブンから、艶のある飴色に焼けたアップルパイを取り出し、その出来映えを見てにっこりと微笑んだ。

「美味しそうに焼けましたね。これからお菓子作りはロレッタ様にお任せしないと」

「うふふ、どうもありがとう。けれど料理長のお菓子の方が美味しいから遠慮します」

「それは嬉しいことを。さぁ、焼きたてを紅茶と共にお運びいたしますので、ノア様とロイ様を午後のお茶へお誘いください」

「わかったわ。それじゃ、あとはよろしくお願いします」

シルバーのトレイにロレッタ特製のアップルパイと、ケーキプレートなどを手際良く載せている料理長に促され、ロレッタはオーブンミトンとエプロンを外して調理室を出た。

(お二人共、喜んでくださるかしら……)

少しドキドキしながらも、ロレッタは二人がいる筈のプライベートリビングを目指した。

昨日ロイに庭で久しぶりに愛されてから朝までたっぷり眠ったおかげで、休日を満喫し

† † †

ている二人の為に、自ら進んでお菓子作りをする気になったのだった。

お菓子作りはまだ男爵家の令嬢だった頃の趣味で、作るのは本当に久しぶりだったが、料理長のアドバイスもあって、自分でも納得のいく出来だった。

そのこともロレッタの気分を良くして、いざ二人のいるプライベートリビングまでやって来たのだが——。

「ともあれ、こうして正式な書簡をわざわざ特使が運んできたのだから、こちらもそれなりの対応で出迎える」

「でも昨日の今日でっていうのも、がっつきすぎ」

「噂では興した事業が経営不振で、そろそろ不渡りが出てもおかしくないらしい。だから俺との婚約をなにがなんでも取りつけたいのだろう」

（え……）

まさに声をかけようとしたその時、婚約という言葉を聞いて、ロレッタはその場から動けなくなった。

話の流れからして、どこかの貴族が没落しかけていて、それを回避する為に、令嬢をノアへ嫁がせたいということらしい。

そして特使が正式に婚約の申し出を記した書簡を届けに来たということなのだと思うが、いったい誰が？

そしてノアは正式な申し出に、それなりの対応をすると言っていたが、それなりの対応とは、いったいどういう意味だろう？

階級を持つ令嬢と、婚約するという意味なのだとしたら——。

（……っ…）

想像しただけでも心が凍てついて、ロレッタは不安にのみ込まれた。

もしもこのままノアがどこかの令嬢と婚約するとしたら、自分はいったいどうしたらいいのだろう？

貴族の令嬢と結婚をしながらも、身体だけ求められる存在になり果てるのだろうか？

しかし本妻に相応しい階級を持った令嬢は、自分の存在を良しとしないと思う。

そうしたら自分はいったいどう振る舞えばいいのか——。

入るタイミングを失ったままその場に立ち尽くしているが、足許から崩れてしまうほどの不安に襲われて、今にも倒れそうになった時だった。

「まずはロバートに……おい、そこにいるのは誰だ？」

ノアの鋭い声に思わずびくっとしながらも、ロレッタは開いていた扉の中へおずおずと進み出た。

「あの、アップルパイが焼けたので、そろそろ午後のお茶に……」

「なんだ、ロレッタか。いいね、そうしよう」

「ロレッタの手作りとは楽しみだ」

お茶を誘いに来たロレッタを見て、二人はそれまでの真剣な雰囲気から一変した歓迎ムードになって笑顔を浮かべる。

しかしロレッタはその笑顔を見ても、ぎこちなく微笑むのが精一杯で、ソファで寛ぐ二人の間にどうやって座ったのか、自分でも覚えていないほど動揺していた。

「ねぇ、ロレッタ？　ロレッタはどこに行きたい？」

「え……？」

「ヴァカンスの話だってば。ブライトンの別荘で過ごすのはどう？」

「海辺もいいが、どうせならロレッタの好きなラベンダーの花畑を観に、南フランスまで足を伸ばしてもいい。ワインも料理も美味いしな」

立ち聞きなどしていないと思い込んでいるのか、二人は普段と変わらぬ様子で、楽しげにまだ先のヴァカンスについて話している。

それでも先ほど聞いてしまった婚約という言葉がまだ耳に残っていて、ロレッタは不安を払拭できずにノアを意識していたのだが——。

「ロレッタ様お手製のアップルパイと、シナモンティーでございます」

そこへロバートが、切り分けてクリームが添えられた手作りのアップルパイや、ブレンドティーを載せたワゴンを押してやって来た。

「美味しそう！」

「やはりアップルパイは手作りに限るな。あぁ、ロバート……」

ロイは手放しで褒めてくれたが、ノアはロバートがテーブルセッティングを終えると席を立ち、ロレッタには聞こえない声でなにかを指示している。

普段なら気にもならないのに、ノアがなにを考えているのかわからない今、部屋の隅でこっそり話されるだけでも不安を駆り立てられる。

しかし話はすぐに終わったようでノアは静かに元の席に着き、ロバートも何事もなかったように紅茶を淹れる。

部屋には焼きたてのアップルパイと、シナモンティーのいい香りが漂っている。

ノアとロイもすっかり寛いでいる様子だったが、平静を装うロレッタの心は嵐が吹き荒れているようだった。

「で、ロレッタはどっちがいいか決まった？」

「え……？」

「だから、ヴァカンスの話だってば」

「わ、私は……お二人が一緒にいてくださるなら、どこでもいいです」

「嬉しいことを」

ティーカップを傾けるノアを見ながら口にしたが、やはり特に変わった様子はない。

　しかしまだロレッタの胸は不安でいっぱいで、とてもではないがアップルパイには手を付けられず、スパイシーな紅茶を飲んでばかりいた。

　そのせいか舌が僅かに痺れるような感覚がしたが、それでもシナモンが強めに利いた紅茶を飲み続け、二人の会話に時々参加していた。

「じゃあ、今度のヴァカンスは南フランスはプロヴァンスで決まりでいい？」

「はい、私はお二人が一緒なら……」

　ロイが顔を覗き込むようにして訊いてくるのに、ロレッタは頷きながら返事をしたのだが、その瞬間に視界がぶれた。

（え……？）

　あまりのショックに目眩を起こしてしまったのだと思い、二人に気取られないようにティーカップとソーサーをテーブルへ静かに戻そうとした。

　しかし気持ちは焦っているのに、身体がまるで鉛のように重くなってきて、四肢からスッと血が引く感覚がした。

（いけない……）

　いよいよ本気で貧血の自覚症状が出てきたが、その時にはもう手の感覚も狂い始め、カチャカチャと不快な音をたててしまった。

「ロレッタ？」

「おい、大丈夫か？」

それにはさすがにノアとロイも異変を感じ取ったようで、ロレッタを注目しているのがわかった。

しかしその時にはもう意識を失う寸前で、ティーカップの行方すらわからないほどの目眩に襲われて――。

「……アお兄様……とうに……婚約……」

「なんだと？　おい、もう一度言ってくれ」

心配そうに見下ろしてくるノアを凝視め、痺れる舌でなんとか本心を問い質そうとしたが、口唇を僅かに動かすことしかできないほどになり、次第に開いていた筈の目蓋も重くなってきて――。

「フフ、ノアが婚約すると思い込んで、かわいそうなロレッタ」

「依存されていると思うと、ぞくぞくするな。安心しろ、ロレッタを裏切るような真似はしないと約束する」

二人がなにかを話しているのがわかったが、頭の中に鳴り響く耳障りな金属音に邪魔されて、なにも聞こえなかった。

「さぁ、ショーの始まりだ」

頬にキスをされたような気もしたが、ロレッタはそのままスッと意識を失った。

†　†　†

肌寒さを感じて目をうっすらと開いたが、最初はなにも見えなかった。

それでもぼんやりと目を開いているうちに次第に視界がクリアになってきた。

そして最初に目にしたのが、壁にある天使のレリーフだったことから、ロレッタは自分が客間の中でも、特に豪華な天使の間にいることに気づいた。

しかもベッドルームに寝かされているのだが、肌寒さを感じたのは一糸纏わぬ姿で横たわっているからだった。

（どうしてドレスを着ていないのかしら……？）

確かプライベートリビングで午後のお茶をしている時に意識を失った筈で、その際に身体を締めつけているドレスを脱がされたのだろうか？

そんなことをぼんやりと思いつつ、意識を失ったその理由をゆっくりと思い返していたのだが、思い出した途端に胸がコトコトと音をたてた。

「そうよ、ノアお兄様……」

ノアがどこかの令嬢と婚約をするかもしれないのに、呑気に意識を失っていたなんて。

いったいどのくらいの間、意識を失っていたのか知りたくて、窓の外を見ようとしたが、どういう訳だか身体を動かすことができなかった。

「え、なんで……？」

まるで鉛を流し込まれたように、指をぴくりと上げることすらできない。

声は出せるし意識もはっきりしているのに、身体だけがどうやっても動かないことに戸惑い、それでもなんとかして動かそうと努力をしていると、ふいに寝室の扉が開き、ロイが顔を出した。

「あ、良かった。気がついた？」

「ロイお兄様……なにか、なにか変なんです……身体がまったく動かなくて……」

全裸の姿を見られる羞恥よりも、身体を動かせない不安のほうが勝り、困り果ててロイを凝視めた。

「身体が動かない？」

「はい、ちっとも動かないんです……」

ロイは半信半疑という顔をしながらも、ベッドに寝転がるロレッタに寄り添うように寝そべって、身体のラインを撫でてきた。

「んっ……ロ、ロイお兄様……くすぐったいわ……」

「良かった。感覚はあるみたいだね」

「あ、は、はぃ……」

最初は警戒したものの、身体の調子を見てくれたのがわかって、ロレッタはホッとしつつ視線を動かすことでロイを見た。

するとロイはクスッと悪戯っぽく笑いながら、ロレッタの身体をまた撫でては、双つの乳房を揉みしだき始めた。

「あっ……!?　ロイお兄様、待って……あ、あん、今はそれどころでは……」

「ちゃんと感じてるね。乳首もぷっくり尖ってるし、感度は良好みたいで安心した」

「……今のも確認ですか？」

なんだか悪戯されているとしか思えなかったが、また身体の機能を確かめているのかと思って訊いてみると、ロイはクスクスと楽しげに笑った。

「うん、感覚はあるのに身体が動かなくなる薬が、ちゃんと効いてるかの確認」

「え……」

「聞こえなかった？　身体の感覚はあるのに、なにも抵抗できなくなる薬を紅茶に仕込んだんだよね。安心して、一時間くらいで効果は切れるから」

ゆっくりと嚙み砕くように言われて、ロレッタは驚きすぎて目を瞠った。

まさかそんな薬を使われるとは思わなかったし、使う理由も思いつかない。

「どうして……どうしてそんな薬を私に使ったのですか……？」

「それはもちろん、僕らがロレッタを愛しているからだよ」

「意味がわかりません……」

愛しているからなんだというのかさっぱりわからなくて、不満げな声と視線で訴えたが、ロイはクスクス笑ってばかりで。

「そのうちにわかるよ。覚えておいてほしいのは、僕らがロレッタを心から愛しているってことだけ。それだけは絶対に忘れないで。わかった？」

「……わかりませんけれど、わかりました」

渋々と了解すると、髪を優しく撫でていたロイはしっかりと頷いて、窓へ視線を向け、それからまたロレッタを凝視める。

「これからノアの許へ、とある令嬢が婚約を取りつけようと乗り込んで来る」

「ぁ……」

「でも安心して。ノアはロレッタを裏切ったりしないよ」

「……良かったぁ……」

一番心配だったことを断言されただけでもホッとして、不安でコトコトと鳴り響いていた胸の鼓動が治まった。

ロイも安心するロレッタを見て頷き返してくれたが、ここからが本番だとばかりに顔を珍しく歪ませる。

「でも僕もノアも、みんなその令嬢には恨みがあってね。もう二度と屋敷へ来てほしくないから、徹底的に打ちのめしたいんだ。だからロレッタも協力してほしいんだけど……」

「……お兄様方が恨みを……？」

ノアとロイの性格を知り尽くしているので、誰かに対して恨みを持つことはありそうだが、表向きはいい人を装っている二人が、もう二度と屋敷へ来てほしくないとまで思うなんて、その令嬢はいったいなにをしたというのだろう？

しかもなんの力もないロレッタにまで協力を頼むなんて、不思議で仕方ない。

頭の回転が速いノアとロイですら撃退できないほど手こずるような相手に対して、自分の力が加わったとしても、たいして役に立たないと思うのだが――。

「だめ？　どうしてもロレッタの力が必要なんだ」

「……ですが私にはなんの力も……」

力を貸すどころか身体が動かないようにされているのに、それでいったいなにができるというのか単純に不思議で首を傾げたが、ロイはしっかりと頷いてくる。

「ロレッタじゃなきゃだめなんだ。お願いっ！　僕らに力を貸して！」

「……わかりました。私で良ければ……」

「ありがとう。愛してる、ロレッタ」

だめ押しとばかりに手を組まれてしまい、渋々と了承すると、ロイは嬉しそうにロレッタの口唇へチュッとキスをした。

そしておもむろに、以前お仕置きで使われた赤い紐をポケットから取り出すのを見て、ロレッタはハッとした。

しかし身体を動かすことのできない状態では逃げることすらできなくて、その間に赤い紐で口を塞ぐように縛られてしまった。

「んんっ……っ……！」

「ごめん、身体が動かない状態で、本当は口を塞ぐような真似はしたくないんだけど……これを使ったら、どうしても声が出ちゃうだろ」

「……っ!?　んんんっ……！」

目の前に差し出されたのは、あのお仕置きの夜、ロレッタの身体を蝕んだ媚薬の小瓶で、それを見た瞬間、ロレッタは信じられない気持ちで目を瞠った。

本当は首を横に振っていやだと口に出したかったが、身体が動かないうえに口まで塞がれていてはなにもできない。

「うん。熱が出るからいやだよね、でもこれしか方法が思いつかなくて」

「んんっ……ん……んー……！」

熱が出るからいやなのではなく、媚薬の効果で訳がわからなくなるほど身体が疼くのがいやなのに、どうしてわかってくれないのだろう。

しかし言い訳をしつつも、ロイはロレッタが動けないのをいいことに、脚を摑んだかと思うと、膝がシーツにつくほど大きく開いた。

そして怯えてひくつく秘所を見て、うっとりとした顔でため息ともつかない息をつく。

「いつ見てもロレッタの一番恥ずかしい場所はすごく綺麗だよね。ちょっと派手に感じてほしいから、多めに塗るね」

「んんっ……！　んっ……っ……！」

媚薬の小瓶の蓋をロイが開いた途端、また濃密な花の香りがして、その香りを嗅いだだけで、あの夜のよがり狂った自分を思い出してしまい、ロレッタは肌が粟立つのを感じた。

しかしロイは小瓶の蓋についているガラス棒に媚薬をたっぷりとまぶして、怯えてきゅうぅっと閉じている蜜口の中へ、なんの躊躇もなくガラス棒を押し込んだ。

「んんん……っ！」

男性の中指よりも少し長いガラス棒のあまりの冷たさと、媚壁にたっぷりと媚薬を塗り込められる感触にぞくんと感じて、猥りがましい悲鳴をあげた。

しかし悲鳴は紐に吸い込まれてしまい、その間もロイは少し楽しげにガラス棒を引き抜くと、また小瓶に浸して媚薬を掬い取っては媚壁に塗り込め、ガラス棒で媚壁を刺激しながら、奥をつつくような真似までする。

そして最後に最も感じてしまう秘玉をガラス棒の先端で、まるで円を描くように撫でる。

「んぁ……んんんっ！」

「ここは特にたっぷり塗ってあげる。フフ、ロレッタってばもう気持ちよさそうにして」

「んー……っ……！」

ガラス棒を操って悪戯に刺激され、ぷっくりと膨らんでしまった秘玉にも媚薬をたっぷりとまぶされてしまった。

「これでよし。そろそろ隣の部屋に令嬢が来るけど、くれぐれも声は出さないようにね」

「んっ……」

念を押すように言われたが、それよりも媚薬をあの夜よりたっぷりと塗り込まれてしまったロレッタは、その効果がいつ現れるのかと思うだけでドキドキしてしまい、ロイの話をもうまともに聞く余裕もなかった。

そして胸の鼓動が耳に響くほど、ドキドキしている時だった。

「来た……」

ロイが言うまでもなく、隣の部屋から女性の楚々《そそ》とした笑い声が聞こえてきた。

「うふふ……二人きりになりたいと仰ってくださるなんて嬉しいですわ、バークリー伯爵。いえ、ノア様とお呼びしてもよろしくて？」

「二人きりでお話ししたいと申しましたのは、お互いの使用人がいては、お互いに本心を語れないと思ったからで、書簡でお伝えしたとおり特に感情が動いた訳ではありません」

「そんなつれないことを仰らないで。お慕いしております、ノア様……」

「……っ⁉」

隣室から洩れ聞こえてくる声に、ロレッタは息を吸い込んだまま動けなくなった。

なぜならそれは忘れることのない、大親友、オードリーの声だったからだ。

しかもそのオードリーが、まるでノアの逞しい胸に抱きついているような気配を感じて、ロレッタの胸にじわりと醜い感情が忍び寄る。

しかしその醜い感情の名を否定しようとした瞬間、心臓がどくん、と大きく鳴り響いた。

それと同時に身体が一気に熱くなり、媚壁と秘玉から堪らない疼きが湧き上がってきて、ロレッタは目を大きく見開いた。

腰の奥が甘い疼きを発して、どくん、どくん、と脈動する度に、蜜口がひくり、ひくり、と収縮を繰り返しては、まるで尽きない泉のように愛蜜を溢れさせる。

「んっ……っ……！」

身体を捩って熱を逃そうにも、動かない身体では悶えることもできず、過ぎる快感に身体を蝕まれていくような気分になった。

そして甘い疼きを我慢できずにいると、ロイは無言のまま秘所に指を這わせて、蜜口の中をちゃぷちゃぷちゃぷ、と音がたつほど指を烈しく抜き挿しし始めた。

「んっ……んん……ん……！」

疼く媚壁に欲しかった刺激をもらえて、身体が歓喜しているのがわかる。

しかし指で穿たれるとさらなる刺激が欲しくなって、頭が早くも沸騰しそうになった。

思わず物欲しげな目つきで凝視めると、ロイは満足げに目を細めてきて——。

「指だけじゃなく、僕が欲しい……?」

「んふ……っ……」

「いいよ、あげる。僕も早くロレッタの中に入りたい……」

ロイはその場で服を脱ぎ捨て、一糸纏わぬ姿になった。

しなやかな身体をしているのに、筋肉もそれなりについているロイの身体をうっとりと見上げていると、蜜口に熱く滾る熱をひたりと押しつけられた。

そして媚薬の効果で、シーツまでびっしょりと濡れるほどに愛蜜を溢れさせる蜜口の中へ、ロイは一気に押し進んできた。

「んっ……っ……!」

最奥まで届いた瞬間の充足感は堪らないほど好くて、早く疼く媚壁を擦ってほしかった。

しかし隣室の様子も気になって、ロレッタは熱くなる身体を持て余しながらも、耳を澄ませていると——。

「困りましたね、オードリー様。本音で語りたいと申した筈です。仰ってくださらないようでしたら、私からはっきりと申しましょうか?」

「わかっております、ヘインズ伯爵家が傾き始めていると噂で聞かれたのですね? そして私がノア様をお慕いしているのは、ヘインズ伯爵家を立て直す為だと。偽りの愛を伝えているのだと仰りたいのでしょう？」

オードリーのとても悲しそうな声が聞こえてきて、没落しそうな貴族というのが、オードリーの父、ヘインズ伯爵その人であることがわかった。

「違います、お願いでございます、信じてください。私は家が傾くずっと以前から、ノア様だけをお慕いしておりました」

しかしノアはロレッタに執心していると思い込んで、静かに身を退いたのに、ロレッタはロイと将来を誓っていると噂で聞いて、それからいてもたってもいられなくなり、こうして縁談の話を持ちかけたのだと、オードリーはせつない声で言い募る。

「よく言うよね……」

「んっ……んふ……っ……」

ロイが呆れたように言いながらも中をずくん、と刺激してきて、ロレッタは隣室に洩れ聞こえないように声を嚙むのに必死になった。

しかし声を我慢すれば身体がさらに熱くなり、頭の芯がボーッとしかけた時だった。

「そこまで仰るのでしたら……」

「私の想いに応えてくださるのですか？」

「その前に本心を見せると言った筈です。私にはある嗜好《しこう》がありましてね、夫婦になるには相性が合わなければ長続きしないと思うのです……意味がわかりますか？」

「えぇ、えぇ。仰ることはもっともですわ。心得ております、ノア様でしたら私……」

ノアが甘いテノールで意味深長に言うのを聞いて、ロレッタは心の中に燃え立つような炎が揺らめくのを感じた。

「すごい締めつけ……ロレッタってば、感じながら嫉妬しちゃって……」

「んんっ……！」

中をくちゅくちゅと穿つロイには、ロレッタの心が手に取るようにわかるようだが、認めずにいた感情をはっきりと口にされた途端、大好きな筈のオードリーを、つい憎んでしまいそうな自分がいて――。

しかもノアの誘うような言葉に少し恥じらいながらも、オードリーの声がどこか浮き足だっているようで、ロレッタの中ではそれがあざとく聞こえてしまった。

しかしそんなふうに考えてしまう自分がいやで、ロイがくれる刺激に意識を向けた。

「うわ……ロレッタってば積極的……すごく絡みついてきて……」

堪らない、と言いながら息を凝らしたロイは、ぶるりと胴震いをしてから、くちゃくちゃと呆れるほど淫らな音をたてて、中を掻き混ぜてきた。

「そろそろいいかな……はい、ロレッタ。もう声を我慢しなくていいよ……」

「んふ……ぁ、あっ……で、でも……あっ……っ……！」

口を塞いでいた赤い紐をほどかれたが、ここで淫らな声を奔放にあげていたら、オードリーに気づかれてしまう。

だから必死になって声を噛み、ロイにずくずくっと最奥を突き上げられても声を出すのは我慢して、その代わりに媚壁が灼熱の楔をせつなく締めつける。

「うわっ……やば……ロレッタ、ごめん。もう限界かも……」

「え……ぁ、あっ、あぁっ……っ……！」

とろとろに蕩け切って蜜壺と化しているロレッタの中にいるロイが、堪らないというようにびくびくっと反応した。

そして本気を出すようにいったん抜け出ていったロイは、ベッドに腰掛けると、動けないロレッタを胸の中に抱きしめて、背後からまた一気に貫いてきた。

「あ……っ……あ……！」

ロイの胸に背中を預けながら、脚を大きく広げられた無防備な格好にされて、ぱっくりと開いた秘所に熱い楔を受け容れている姿を想像するだけでも、頭が沸騰しそうなほどの羞恥を感じるのに堪らなく好くもあり、反り返るロイを締めつけた。

「すごいよ、ロレッタの中が絡みついて離してくれなくて……最高に気持ちいい……」

息を凝らしながらも中の様子を口にしたロイは、それから言葉もなく烈しい抜き差しを繰り出してきて、媚壁を捏ねるように抜け出ては、また一気に突き上げてくるのを、何度も何度も繰り返した。

その刺激に夢中になって、ロレッタも欲望のままにしゃぶりついていたのだが――。

「こちらが寝室になりますが――覚悟はできていますか？」

「ええ、もちろん。どうか私に本当のノア様の嗜好を見せてくださいませ……」

「……っ……ぁ……!?」

行為に没頭しすぎているうちに、寝室の扉の近くからノアとオードリーの声が聞こえて、ハッと我に返った。

「後戻りはできませんよ？」

(だめ、だめ……こんな私をオードリーに見せたらいやぁ！)

ノアが扉を開けるつもりでいるのがわかり、ロレッタの心が千々《ちぢ》に乱れ始めた。

扉に向かって秘所を曝し、ロイを目一杯頬張っている自分でも呆れるほど淫らな姿を、あのおしとやかなオードリーに、二人は本当に見せるつもりなのだろうか？

オードリーへ最後通牒を突きつけているノアと、ロレッタを穿つロイの考えていることがわからなくなってきて、頭が徐々に混乱してきた。

「ノア様がお見せくださるので私も本心を言いますと、その……私も嫌いではなくてよ、うふふ……」

寝室の中で繰り広げられている狂宴を知らずに、あの慎ましやかなオードリーが、ノアとひとつになることに胸をときめかせている。

そして未経験ではないことを仄めかすように妖しく微笑むのを聞いて、なにか胸が悪くなるような気分になった。

しかしオードリーに限ってそんなまさかと否定しているうちに、ドアノブがゆっくりと回転するのが見えて――。

「どうぞ、これが私の性的嗜好そのものです」

「あ、あは、あん、い、いやあぁん……っ！　見ないで……お願い、オードリー……お願い、私を見ないでぇ……！」

ロイにずくずくっと突き上げられた瞬間の、腰を淫らに躍らせる自分を、立ち尽くしたまま絶句しているオードリーが凝視めている。

「あぁん、だめ、だめぇ……ロイお兄様ぁ、だめ、恥ずかしいの……あぁん、だめって言ってるのに……あぁん、だめ、だめなの……見せちゃいやぁ……！」

だめだと言っているのに、ロイは腰を使うのをやめようともしない。

「ごきげんよう、オードリー様……僕らのロレッタは可愛いだろう？」

「僕ら……ですって？」

「俺達が愛して止まないのは、このロレッタ一人だけ……愛しているよ、ロレッタ……」

「あぁん……ノアお兄様までやめて、やめてぇ……！」

いつの間にか服を脱ぎ捨てたノアまで加わり、ロイに突き上げられているロレッタの身体をじっくりと撫でては、愛おしそうにチュッとキスをしてくる。

「どうだ？　俺の嗜好はロレッタにのみ働く。本音を言わせておいて悪いが、大勢の男を咥え込んできたおまえのような女など、誰が抱くか」

ノアが見下したように言い捨てると、オードリーはまるで夢から覚めたようにハッと我に返り、そして醜悪なものを見たとでもいうように、眉をひそめてロレッタを睨みつけた。

「……穢らわしい。話には聞いたけれど、ここまで淫らだったなんて……やっぱりロレッタなんか、最初から私の言いなりになって、娼婦になれば良かったのよ……」

「え……」

まるで呟くように言うオードリーの言葉を聞いて、ロレッタは目を瞠った。

しかしオードリーは、怒りに身体を震わせて、ロレッタをまるで視線だけで射殺しそうなほど強く睨んでくる。

「なによ、その被害者面……あなたはいつもそうやって、なにも知らない顔をして社交界でも、ちやほやともてはやされて……けっきょく最後には美味しいところを持っていくの。ずるいわ……汚い、汚いのよっ！」

「……オードリー……私はそんな……あ、あぁ……！」

「二人同時に相手をするなんて、吐き気がするわ。なによ、恥も知らずに獣みたいに腰を

振って……いい加減にやめなさいよ！」

徐々に怒りが湧いてきたのか、髪を振り乱してヒステリックに叫び始めたオードリーを、ロレッタはただ呆然と見ていることしかできなかった。

しかしノアとロイ、二人に包み込まれているロレッタを見たオードリーは、見たこともないほど凶悪な顔で睨みつけてきた。

「こんな淫乱娘を愛しているなんて、こちらから願い下げよっ！　気分が悪いわ、もう二度と私に関わらないでっ！」

まるで自分が被害者のように言いたいことを言ったオードリーは、二度と振り返ることもせずに、怒りを表すように扉を思い切り閉めて出て行った。

「なに、あの上から目線。気分悪いね、社交界ではあばずれで通ってるくせに」

「婚約をさんざん迫っておいてよく言えたものだな。だが、没落したら声もあげられない小物だ。放っておくに限る」

ノアとロイがオードリーを悪し様に言うのを、ロレッタはどこか遠くで聞いていた。

二人の言葉のほうが正しかったことを実感しながら。

やはり二人が言っていたとおり、オードリーは自分を陥れたかったのが、今日の一件でよくわかった。わかったが、ロレッタの心の中の綺麗な部分が、まるで薄氷が割れる時のような音をたてて崩れていくのが聞こえた。

見開いたエメラルドグリーンの瞳から、涙が静かに流れ落ちていく。

しかしなにが悲しいのか、今まで信じてきたものはなんだったのか、ロレッタにはもうよくわからない。

なのに涙があとからあとから溢れては静かに流れるのを止められずにいると、それを見たノアとロイが、ロレッタを左右からそっと抱きしめてくれた。

「もう泣かなくていい。俺達がついている」

「僕らがこれからずっと、ロレッタを守っていくから」

左右から涙を吸い取りながら、優しい口唇が触れてくるのを、ロレッタは受け容れながら、温かく包み込んでくれる二人にギュッと抱きついた。

「ノアお兄様、ロイお兄様……ロレッタは汚い？　悪い子なの……？」

「汚くもないし、悪い子な訳がない。愛する俺が保証する」

「こんなに綺麗で純粋ないい子は他にいないよ。大好きだよ、ロレッタ」

力強い言葉と共にギュッと抱きしめられて、ロレッタはまるで子供に戻ったようにあどけなく微笑んだ。

「もう恐い人はいや。汚い物も見たくないの。ロレッタは綺麗で優しい物が好き」

「うん、ロレッタによく似合うよ」

「恐い奴など、もう二度と近づけないと約束する」

二人の言葉を聞いて、ロレッタは安心したように、にっこりと笑った。

「あのね、ロレッタはノアお兄様とロイお兄様だけがいてくれたらそれでいいの。他の人なんか知らない。もう知らないわ……」

ノアとロイだけは、なにがあっても絶対に自分を裏切らないと信用できる。

他の人はなにを考えているかわからないし、優しい振りをして本当はものすごく恐い人にたくさん騙されたから、もうくたくただった。

その点ノアとロイだけは気持ちを真っ直ぐにぶつけながらも、ロレッタを心から陥れるようなことは一度もしていない。

だからもう二人の言うことしか信用しないし、誰とも会いたくもない。

「それでいい。俺達だけを見ていればいい。愛しているよ、ロレッタ」

「僕らもロレッタを目に入れても痛くないほど愛してるから、ずっと僕らだけを見てて」

「うん、ノアお兄様もロイお兄様もだ～い好き！」

無邪気に笑うロレッタの頭上で、二人が顔を見合わせてクスクス笑う気配がする。

「ようやく俺達だけのものになってくれたな」

「これからも僕らだけがロレッタを愛していくから」

二人の言葉を聞いたらもっと嬉しくなれて、ロレッタは二人にギュッと包まれている幸せを噛み締めてクスクスと笑いながら、なぜか溢れてきた涙をひと筋流したのだった――。

†終章　ロティローズ†

屋敷の庭を散策している途中で、ロレッタは深呼吸をして胸一杯に甘い薔薇の香りを吸い込み、にっこりと微笑んだ。

庭の散策が大好きなロレッタは、この三ヶ月ほどの間に庭中に咲いている薔薇の名をすべて覚えるほど薔薇に詳しくなった。

そんなロレッタを、ノアとロイは手放しで褒めてくれるのがとても嬉しい。

そして薔薇の名を覚えたご褒美に、二人は新種の薔薇を買い上げて、その淡いピンクの薫り高い薔薇を『ロティローズ』と名付けた。

最近になって教えてくれたのだが、二人が経営する紅茶メーカーを『ロティローズ』と名付けたのも、実は二人でロレッタをロティという愛称で呼んだら可愛いのではないかという話になって、メーカー名として付けられたのだと聞かされた。

その時は二人の愛の深さに感激して、それぞれにキスのプレゼントをしたのだが——。

もちろん二人がキスだけで満足する訳もなく、ロレッタがもうこれ以上はいらないと泣いてしまうほど愛されたのは言うまでもない。

ノアとロイの愛は底なしで、未だに五日と開かずロレッタを愛してくれている。

そこに不満はない。むしろ愛されている実感が持てて嬉しいと思う。

「けれど、二人共とても烈しいんだもの……」

思わず口に出してしまってから、ハッと気づいたロレッタは、辺りをきょろきょろと見まわして、誰もいないことを確認すると、ホッと息をついた。

そして二人が贈ってくれた『ロティローズ』の薔薇園へ辿り着き、相変わらずの美しい光景を、新しく建てられた東屋からゆったりとした気分で眺めていたのだが——。

「ロティ、ロティ？」

「どこだ、俺のロティ」

「ここよ、ノアお兄様、ロイお兄様！」

声を張りあげると、仕事へ行っていた筈のノアとロイが揃って東屋へ向かってくるのが見えて、ロレッタは嬉しさを隠しきれずにその場に立ち上がり、二人の到着を待った。

上品な仕草で綺麗に刈り込まれた芝生の絨毯の上をゆったりと歩いてくる二人を、ロレッタは微笑みながら待っていたのだが、待ちきれなくなってしまって二人の胸にとび込むように抱きついた。

　もちろん二人はしっかりと抱き留めてくれて、頬にチュッとキスをしてくれる。

「おかえりなさい、お仕事はどうされたの？」

「寂しがり屋のロティが泣いてないか心配になってな」

「……もう大丈夫よ」

　まるで子供扱いされているのがおもしろくなくて、口唇を尖らせたが、そこへもチュッとキスをされてしまった。

「本当に？　僕らはまだロティと一緒にいたいんだけどなぁ」

「わ、私も本当はノアお兄様とロイお兄様が一緒だと嬉しいけれど……」

「ならばいいじゃないか」

　ノアに頭を撫でられて、ロレッタは照れながらもおとなしく二人にくっついた。

　あの日、オードリーの本性を知った悪夢のような日から、もう三ヶ月が経っているのに、未だにロレッタの心は癒えていなかった。

　といっても、もう他の人間に興味のなくなったロレッタにとって、オードリーは過去の人であり、今は顔を思い出せるかも定かではないくらい綺麗に忘れかけている。

　しかし三ヶ月が経った今でも夜になると無性に寂しくなってしまって、ノアとロイの間に包み込まれていないと、安眠できないくらいの甘えたがりになってしまったのだった。

もちろんそんなロレッタを二人はどんなに仕事が忙しくても面倒がらずに、優しく包み込んで眠ってくれて、とても幸せな毎日を送っている。

「そういえば、もうとっくに爵位を売ってたらしいよ」

「あぁ、新聞に載ってたな。それに……あのお嬢様のほうがまさか高級娼婦になるとはな」

「社交界の男はみんな飽きてるから、あんまり人気なさそうだけどね」

二人が皮肉げな笑みを浮かべて誰かの噂をしているが、ちっとも興味のないロレッタは、淡いピンクの『ロティローズ』を摘んでは、その香りに微笑んでいる。

その微笑ましい光景を眺めていたノアとロイだったが――。

「あぁ、そういえばあの庭師見習いだけどさ」

「あぁ、オードリーの犬か。どうかしたのか？」

「それが僕らのロティの艶姿《あですがた》を見せてから、本当に盛りのついた犬みたいになっちゃったらしくて、施設でずーっと腰振ってるんだって」

「俺達のロティのあの時の可愛さは、どんな男も身を滅ぼすほど魅力的ということだな」

ロイは肩を竦めながら、そしてノアが珍しく笑いながらロレッタを愛おしげに凝視めているのが見えて、『ロティローズ』をたくさん摘んだロレッタは、薔薇をまるで花束のように抱えて二人に駆け寄った。

「なぁに？　ノアお兄様、ロイお兄様？」

「いや、俺達のロティはなにをしてても可愛いと言っていた」

「……本当に？」

「本当だよ。僕らは毎日目が覚めた時、ロティに新しく恋をするんだよ。知ってた？」

ロイの言葉にロレッタは目を瞬かせて、それから照れたようにふんわりと微笑んだ。

その笑顔を見て、二人も優しく目を細めていて——。

少しぶっきらぼうだが、愛の言葉を惜しまないノア。

少しお調子者だけど、いつでも嬉しくなることを言ってくれるロイ。

そんな二人に毎日新しく恋をされているなんて、こんなに素敵で嬉しいことはない。

「ノアお兄様、ロイお兄様。私も二人のことが大好き」

なんの迷いもなく愛を口にするロレッタを、二人はそっと包み込んだ。

「俺も愛している」

「僕も愛してるよ」

頬を擦り寄せてくる二人に肩を竦めながらも、ロレッタはとても幸せな気分で、二人に贈られた『ロティローズ』を抱きしめて、目をそっと閉じた。

もちろん二人はそれに応えて、口唇へ交互にチュッとバードキスをしてくれる。

それが嬉しくて微笑むロレッタの目にはもう二人しか映ることはなく——薔薇の咲き乱れる庭には、噎《む》せ返るほどの甘い香りが漂っているだけだった。

あとがき

集中したいのに担当様のＬＩＮＥがなかなか終わらないことは、気にしてません。そして私が話してても、ご飯の時間になるとさっさと電話を切ることも気にしません。気にしてないから！　いや、本当に！　担当様大好き☆

ともあれ、ようやく書き上げることのできたこの作品はいかがでしたでしょうか？

私としては、ロレッタが高級娼館で働く姿も書いてみたい気もしますが……そんなことをしたらノアとロイが本気で怒りそうなので、やめておきます（笑）。

ところであなたは偏愛兄弟のノアとロイ、どちらがお好みですか？

口数は少ないものの包容力があって、ふとした時に優しい一面を見せるノア。

口が上手くて甘えたがりでありながら、いざという時は意外と冷静で頼りになるロイ。

まぁ、どちらを選んでもあの時は、もれなく変態になりますが（笑）。

もちろんノアもロイもどちらも大好物！　むしろロレッタ羨ましい！　と思っていただけましたら、私の思うつぼ……いえいえ、嬉しい限りです。

ドMで言葉責めが大好きな担当様はロイ萌えで、毎日のようにおもしろLINEで和ませてくれたり励ましてくれたり、時には恐いスタンプで脅してやる気にしてくださいました。初めて組ませていただきましたが、とても楽しく執筆できたのは担当様のおかげです。例の件とあのツアー楽しみにしておりますよ、どうもありがとうございました！

そして大人格好いいノアと、男のセクシーさ全開のロイ、そして清純で可愛いロレッタを描いてくださったCiel先生にもとても感謝しております♪

素敵なイラストで作品世界をより淫靡に、そして素敵に彩ってくださいまして、どうもありがとうございました。

それ以外にもデザイナー様に校正者様、この作品に携わり、ご尽力くださった多くの方々にも厚く御礼申し上げます。

そしてなにより、ここまで読んでくださったあなたに一番の感謝をしております！

この作品で少しでも現実を忘れて、物語の世界に浸っていただけましたら私も幸せです。

読んでくださって本当にどうもありがとうございます！

ではでは、またお会いできましたら！

沢城利穂《さわきりほ》

この本を読んでのご意見・ご感想をお待ちしております。

◆ あて先 ◆

〒101-0051
東京都千代田区神田神保町2-4-7 久月神田ビル7階
㈱イースト・プレス　ソーニャ文庫編集部
沢城利穂先生／Ciel先生

紳士達《しんしたち》の愛玩《あいがん》

2014年3月4日　第1刷発行

著　者　沢城利穂《さわきりほ》
イラスト　Ciel《シエル》
装　丁　imagejack.inc
DTP　松井和彌
編　集　安本千恵子
営　業　雨宮吉雄、明田陽子
発行人　堅田浩二
発行所　株式会社イースト・プレス
〒101-0051
東京都千代田区神田神保町2-4-7 久月神田ビル8階
TEL 03-5213-4700　FAX 03-5213-4701
印刷所　中央精版印刷株式会社

ISBN 978-4-7816-9525-9
定価はカバーに表示してあります。

Sonya ソーニャ文庫の本

『旦那さまの異常な愛情』　秋野真珠

イラスト gamu